MARCELO LEMES MENA

As Aventuras de Jorge nas Terras de Akmelon

ISBN: 978-85-912042-3-6

1° edição

São Paulo

Edição do autor

2018

MARCELO MENA

DEDICATÓRIA

Dedico este livro à minha família, amigos e alunos.

MARCELO MENA

AGRADECIMENTOS

Agradeço a Deus pela oportunidade de escrever a continuação das Aventuras de Jorge e quero agradecer as minhas filhas, Débora pela correção e a Mareliza pela arte criada, aos meus alunos, amigos e família que tanto aguardaram por esta obra.

Índice

Capítulo 1

Terra de Akmelon

Cheguei mais cedo do que de costume e o senhor Simon estava fazendo café. O cheiro estava delicioso, lembrei-me do café do Egito.

- Quer um pouco de café, Jorge?

- Está muito cheiroso o seu café!

- É de lá do Egito!

- O senhor trouxe de lá?

- Que nada. Pedi pra Tatuhãna me mandar!

- Então ainda se conversam?

- Claro, é assim que os amigos fazem! – Senhor Simon fez uma cara de apaixonado.

- Sei! E ela vem para o Brasil?

- Ela me disse que talvez no mês que vem! Mas experimente o café!

Experimentei o café e realmente estava uma delícia, o sabor não tem comparação com o café brasileiro.

- Está uma delícia, senhor Simon!

- Acho que agora vou ter que ficar importando café!

- Se o senhor fizer isso, só vou tomar café aqui. Mas me diga, senhor Simon, o que vamos fazer hoje?

- Sabe aquelas placas que colocamos, na máquina, semana passada?

- Sim!

- Ela funcionou e agora vamos conseguir dar mais velocidade nos elétrons, com a carga atômica do motor!

- E o que isto quer dizer, senhor Simon?

- Acredito que iremos viajar pra muito mais distante no tempo!

- Quantos anos?

- Acredito que iremos para, aproximadamente, pelos meus cálculos, há dois bilhões de anos atrás! E por isso já reprogramei o computador para nos dar a data exata de onde pararmos!

- E se, por acaso, pararmos quando o planeta ainda estava todo em volto de lava vulcânica? Vamos morrer fritos?

- Não, Jorge, o computador está programado para parar somente num lugar seguro, se acontecer de não ter lugar voltaremos pra cá novamente.

- Não gosto quando o senhor me olha assim! Estava querendo perguntar quando o senhor pretendia fazer isto, mas pelo que estou vendo é agora!

- Não, Jorge, eu queria ir depois do café!

- Ai meu Deus!

- Não podemos perder tempo. Precisamos conhecer o que houve no passado!

- Eu sei que o senhor não vai desistir mesmo! Então vamos, mas iremos voltar antes da festa de aniversário?

- Se formos agora, voltaremos nesta mesma hora! Mas que festa de aniversário?

- Da mãe da Sandra. Vai ser hoje e ela te convidou!

- Então precisamos ir logo, Jorge, pra voltar a tempo!

- Então vamos!

Após o café entramos na máquina e colocamos os cintos!

- Senhor Simon, onde estão os óculos?

- Troquei por lentes mais grossas, estão debaixo do console!

- Mais grossas?

- Estou calculando uma luminosidade mais forte!

- Espero que a gente não fique cego!

- Por isso é mais grosso Jorge! Podemos ir?

- Vamos lá!

A máquina começou a fazer um barulho diferente, era um zunido bem forte e agudo!

- O senhor tem que pensar em arrumar um protetor auditivo

também!

- Tem razão, Jorge!

Uma luz começou a brilhar em torno da máquina e foi aumentado gradativamente até que já não dava pra ficar olhando nem com os óculos, tivemos que cobrir com as mãos. O zunido aumentou e parou de repente. Aos poucos, a luz foi se apagando, tudo ficou escuro e a máquina parou!

- Será que pifou?

- Estranho! Foi muito rápido, Jorge!

- Só falta estarmos no mesmo lugar ainda!

- Espera um pouco o computador está marcando dois bilhões de anos antes de Cristo.

- O senhor tem certeza?

- É o que está marcando!

- Está tudo escuro aqui!

- Vamos acender os faróis externos, Jorge!

Quando tudo ficou bem claro, percebemos que estávamos dentro de uma caverna e havia apenas uma abertura no canto daquela caverna.

- Estamos dentro de uma caverna, senhor Simon!

- Vamos sair, Jorge, e passar por aquela abertura e ver o que tem do outro lado!

- Então vamos!

Saímos da máquina e entramos no buraco. Tínhamos que nos arrastar por dentro, não dava pra ficar em pé. O senhor Simon foi indo na frente. Nos arrastamos por uns vinte metros e saímos numa outra caverna um pouco maior e tinha uma abertura para o lado de fora. Parecia que estava anoitecendo.

- Uma coisa vai ser bom, Jorge!

- O quê, senhor Simon?

- A máquina vai ficar bem escondida desta vez!

- O senhor pretende continuar e sair do lado de fora?

- Sim, Jorge! É pra isso que viemos!

- Eu não sei por que ainda pergunto!

Saímos da caverna e estávamos bem na parte de cima de uma montanha e de lá só dava pra ver algumas vegetações. As cores eram totalmente diferentes do que temos no nosso mundo. Havia grama bem roxa e plantas com as suas folhas brancas e marrons, as árvores ainda eram semelhante as nossas só que um pouco mais altas e com folhas bem largas. Eram bem diferentes umas das outras.

- Olhe, Jorge! Plantas nunca vistas por homens da nossa geração!

- São estranhas! Vamos descer!

- Tome cuidado ao descer, pode estar escorregadio, senhor Simon!

Descemos com todo cuidado e chegamos num lugar aberto.

Estávamos muito cansados, parecia que ia acabar o fôlego.

- Estou passando mal, senhor Simon! Nunca me cansei tanto!

- Acho que estamos num lugar com pouco oxigênio. É melhor sentarmos um pouco e descansarmos depois a gente continua.

Aproximamo-nos de algumas pedras em que dava pra sentar e ali ficamos até recuperarmos as nossas forças. De repente, saiu como se fosse um lagarto de uma das pedras e veio em nossa direção. Ele era um pouco maior que um calango e andava sobre duas pernas. Ficou nos encarando.

- Que bicho é esse?

- Não faço ideia, Jorge. O pior que não tem rabo!

- É impressão minha ou ele está gesticulando com as mãos como se estivesse nos mandando embora?

- Ele está fazendo isto. Parece que quer falar conosco, Jorge!

- Acho que o ar daqui deve de ter alguma droga e estamos alucinados, senhor Simon.

Ele parou, pôs a mão sobre a cabeça, como quem não acreditava que ainda estivéssemos parados ali, então olhou pra trás e saiu correndo em meio à mata.

- Falta de oxigênio pode fazer a gente ter alucinações?

- Só pode ser, Jorge. Ou os animais daqui podem falar.

Nessa hora, apareceu uma nave enorme no céu, bem na nossa frente, fazendo um barulho terrível. Várias pessoas que pareciam homens, e outras totalmente estranhas, parecendo animais, corriam em nossa direção e passavam por nós dizendo que deveríamos correr. Então, corremos junto com eles e quando olhei para trás, vi alguns daqueles seres sendo apanhados por uma luz muito forte daquela nave gigante e desaparecendo diante dos nossos olhos.

- Senhor Simon, quem são estes seres?

- Não sei, Jorge, não se parecem com nada que já vi!

- E vamos continuar correndo com eles?

- Acredito que é melhor do que ser engolido por aquela máquina, Jorge!

Assim, continuamos correndo e o que estava correndo ao meu lado tinha braços e pernas como nós, mas a cabeça era semelhante a um lagarto. Ele me olhou e disse:

- Não se preocupe, já estamos chegando no A-15.

- E o que é A-15, senhor? - Perguntei para o cabeça de lagarto.

- Vocês não sabem? É a área de segurança, chegando lá, poderemos escapar dos Akenias.

Nesta hora, atravessamos um pequeno riacho e seguimos a lateral de uma montanha e o barulho era ensurdecedor. O senhor Simon estava sendo carregado por um homem lagarto bem forte, pois a falta de oxigênio o deixou bem fraco. Logo à frente, eu vi um grupo destes seres empurrando uma pedra enorme que devia pesar toneladas e a calçaram com um pedaço de madeira. Um a um foi entrando por esta abertura e assim também passei. Após todos entrarem, o homem-lagarto que carregava o senhor Simon o deixou sentado numa rocha e chutou a madeira que apoiava a pedra e ela fechou aquela caverna onde estávamos.

- O senhor está bem?

- Estou muito fraco, Jorge e com muita falta de ar, preciso descansar um pouco.

Alguns que ali estavam acenderam algumas tochas e todo o lugar ficou iluminado, então um ser semelhante a um gorila, pois era bem peludo e forte gritou:

- Vamos! Me sigam! Não podemos ficar aqui, pois eles poderão utilizar o scanner. Vamos descer as escadas e ir ao abrigo.

Ele levantou a tocha e apareceu uma abertura na pedra e uma escadaria que descia. Todos um a um foram descendo acompanhando aquele gorila. Então, apoiei o senhor Simon e o ajudei a descer as escadas. O lugar tinha um cheiro forte de bolor e era bem úmido. Assim que descemos, acredito que uns dez metros abaixo do subsolo, chegamos numa sala iluminada por uma luz que vinha das paredes e era meio azulada. Vi vários daqueles seres se sentando e alguns respirando aliviados. Alguns tinham a cabeça peluda, outros pareciam lagartos, outros eram como se fossem pessoas, mas os olhos eram pequenos e não tinham nariz, apenas guelras nos pescoços. Então, aquele gorila pediu que todos ficassem em silêncio e só podíamos ouvir o barulho bem fraco daquela nave, como que sumindo. Com certeza estava indo embora.

- Essa foi por pouco! - disse o gorila enorme.

- Falei que alguém devia ter nos dedurado! - disse bravo um ser que tinha o corpo todo amarelo vestido numa roupa de couro com uma bolsa, e o seu pescoço tinha guelra.

- Ninguém imaginava que o Forst era traidor! - repreendeu o gorila.

Então um homem-lagarto se levantou e disse:

- Agora temos que no preocupar em acharmos um jeito de chegar até Alunísia, pois só nos resta o último portal e se perdermos será o nosso fim.

Nessa hora, todos começaram a falar e discutir, era um alvoroço só.

- Senhor Simon, o senhor está melhor?

- Ainda fraco, Jorge. Parece que estou perdendo as forças.

Nesse momento houve um silêncio e todos ficaram nos olhando. O homem-lagarto trouxe uma pequena pastilha em sua mão e disse:

- Ei, garoto Tekin, dê esta cápsula ao seu ancião e peça pra ele engolir de uma só vez.

- Mas quem é Tekin? E o que é esta pastilha?

- É um remédio que o deixará mais forte.

Então, o senhor Simon pegou aquela pequena pastilha e engoliu. Após alguns segundos, me pareceu que ele ficou meio azul e depois foi voltando à cor normal.

- Meu Deus! Estou novo! - disse o senhor Simon, se levantando com toda alegria e batendo no peito.

- Está se sentindo melhor? – Perguntei.

- Eu estou ótimo, Jorge, não sei o que me deram, mas me ajudou. Muito obrigado! Como é o seu nome?

- Eu sou Ash!

- Muito obrigado, seu Ash. Meu nome é Simon e este é o Jorge. - falou o senhor Simon, apertando a mão do homem-lagarto.

- Pensei que vocês já estavam extintos, pois os Tekins foram os primeiros a serem destruídos por Abadom.

- Tekins? Somos nós? - Perguntei.

- Sim, é o nome da sua raça. Bateram a cabeça na corrida?

Então, todos naquela sala riram. E o gorila se aproximou de nós.

- Vocês não são espiões de Abadom, são?

- Claro que não. Nem sabemos quem é Abadom! - disse o senhor Simon.

- Venha aqui, Nara, e passe o scanner nestes dois pra ver se não estão marcados. - Falou o gorila, chamando o que parecia uma mulher-lagarto.

- Vamos, fiquem em pé para que eu possa verificar vocês.

Então ficamos em pé, ela tirou um aparelho de dentro de uma bolsa e saía uma luz bem fraca. Começou a passar por todo nosso corpo, primeiro no senhor Simon e depois em mim.

- Este aqui não tem nada. O scanner não está conseguindo identificar o organismo deles como Tekins, aparece não identificado! – Disse Nara.

- Estranho! Pode ser que esteja com problema. – Disse Ash, olhando meio de lado para nós.

- Acho que não, pai, pois este nunca deu defeito. Vou tentar nesse outro aqui que parece um Lestin. – Disse Nara, me apontando o scanner.

Todos então começaram a rir.

- O que é um Lestin? - Perguntei.

Todos começaram a rir e não paravam.

- É, garoto, parece que vocês vieram de outro planeta! Lestin são pequenos animais que vivem na floresta, eles não falam só gesticulam. – Falou Ash.

Nesta hora, o senhor Simon começou a rir.

- Até o senhor vai rir de mim?

- Acho que a Nara está falando daquele calango sem rabo que vimos pela primeira vez. E o pior que ele é magrelo também!

- Não acho graça nenhuma. - Falei.

- Por favor, ancião, depois você me explica o que é calango. – Disse Ash

Nara então me escaneou e disse:

- A mesma coisa. Eles não estão marcados e não consigo identificar a raça.

- Sem problema, filha, o importante é que não estão marcados. Então, a partir de agora eles vão ficar aos seus cuidados.

- Mas, pai, eles são estranhos! - Disse ela nos apontando.

- Sem reclamação! Agora o que precisamos é nos unirmos e chegarmos a Alunísia. - Disse Ash.

- Está bem, eu cuido deles. Mas não pensem vocês dois que vou ser boazinha. - Falou Nara, olhando brava pra nós.

- Nem precisa se preocupar conosco, pois precisamos sair e voltar de onde viemos. – Falei.

- Nem pensar, garoto, os Akenias marcam o lugar por onde passam e qualquer coisa que passe por estas marcas acionam os sensores e, em questão de pouco tempo, eles te aprisionam. Se vocês saírem, poderão arriscar a vida de todos nós que estamos aqui. – Disse Nara, falando forte.

- Meu nome é Jorge, senhora Nara.

- Me chame de senhorita. Ainda sou muito jovem!

- Está bem! Mas o que vamos fazer agora?

- Bem, agora temos que esperar até conseguir contato com alguém de Alunísia e assim esperar que alguma nave venha nos buscar. - falou Nara com olhar de preocupação.

Ficamos ali sentados vendo o que iria acontecer e o gorila começou a falar com o que tinha guelra. Parecia que estavam montando um rádio de comunicação.

- Nara, quem são aqueles dois? – Perguntou o senhor Simon.

- O Mask e o Fio. Vocês nunca ouviram falar deles? - perguntou Nara.

- Não os conhecemos! - respondeu o senhor Simon.

- O Mask é um dos sobreviventes da grande batalha contra Abadom. Muitos ainda lutam por causa dele, pois ele foi um dos que conseguiu falar com o grande Oráculo, destruiu a torre de Fazalon onde ficavam os prisioneiros e Fio foi um dos prisioneiros libertados, que se juntou ao Mask.

- Desculpe se estamos incomodando, mas tem como você explicar tudo pra gente? Não sabemos de nada deste lugar. – falou o senhor Simon.

- Eu posso até explicar, mas em outra hora, pode ser? Agora vou ver com meu pai o que iremos fazer. - Falou Nara pro senhor Simon.

Ela se levantou e foi falar com seu pai e, pelo que contei, havia aproximadamente trinta e dois seres todos naquela sala de pedra. Mask que era o gorila ainda tentava fazer funcionar o aparelho.

- Jorge, o que estamos vendo aqui é algo totalmente fora do comum. Nunca imaginei na minha vida ver seres como estes.

- Acho que isso tudo é uma loucura. Devíamos ir embora o mais rápido possível, pois o senhor está vendo que aqui tudo está em guerra.

- Eu sei, Jorge, mas como disse Nara se sairmos, podemos complicar a vida deles.

- E o que vamos fazer, senhor Simon?

- Vamos esperar e assim que conseguirmos uma oportunidade, a gente volta pra máquina.

- Entendi.

Nessa hora, o aparelho de Mask funcionou e uma imagem apareceu em cima do aparelho. Parecia estar sendo projetada no meio do aparelho e apareceu um gorila como o Mask, mas este estava com roupa de metal, mais parecia uma armadura. Mask falou:

- Oi, Rodi, aqui é o Mask. Conseguimos escapar dos Akenias e estamos no A-15.

- Sim, comandante. O que houve? - Disse o Rodi que era a projeção.

- Estávamos para alcançar o desfiladeiro da morte e chegamos à entrada da antiga Ferim, onde o portal iria se abrir, mas Forst nos traiu e nos entregou. Quando vimos as naves chegando, saímos correndo e acabamos destruindo o portal, perdendo alguns. A única solução foi vir para o abrigo. - Falou Mask.

- Será que ele não falou do outro portal para eles? - Perguntou Rodi.

- Acredito que não, pois ele só sabia de Ferim e acabou sendo morto por um Akenia. - Disse Mask.

- Sim, senhor! Vocês ainda correm perigo, pois eles vão tentar achá-los em todos os cantos. É melhor o senhor cortar a transmissão antes que encontrem este sinal. - Disse Rodi.

- Estamos com poucos suprimentos aqui. Amanhã estaremos em dificuldades, por isso tentem chamar a atenção deles em algum outro lugar para que possamos sair. Envie uma das naves para nos pegar. - Falou Mask bem nervoso.

- Comandante, hoje foram abatidas duas de nossas naves e outra está danificada. A quarta nave levou um grupo para Alunísia, mas não está respondendo. - Disse Rodi.

Nessa hora, todos na sala ficaram em silêncio e alguns começaram a chorar.

- Entendi, Rodi, então faça o seguinte: mande um veículo terrestre até a caverna Renad e amanhã tentaremos sair para chegarmos lá. Independente disso tente levar o maior número para Alunísia, pois agora é nossa última tentativa de passarmos pelo portal. - Falou Mask com uma voz meio que reprimida.

- Entendido, comandante. Boa sorte a todos e que o grande Iaven os ajude! - Disse Rodi.

A transmissão foi cortada e Mask falou a todos:

- Vamos descansar. O Ash e a Nara passarão o alimento que temos pra todos e, amanhã bem cedo, teremos que partir. Todos sabem que é arriscado e podemos ser pegos pelos Akenias, mas o importante é que o grande Iaven está conosco e vamos vencer.

Nessa hora, todos deram um brado forte de Iaven. Assim cada um passou a receber um pequeno pacote amarrado até que Nara trouxe pra nós.

- Peguem o alimento de vocês. - disse ela.

- Que comida será essa, senhor Simon?

- Vamos experimentar, Jorge.

Abri o meu pacote e tinha uma pequena garrafinha, contendo um líquido azul e um pedaço que parecia ser bolo de fubá. O gosto era horrível, mas foi só na primeira mordida, depois começou a ficar mais doce e quando percebi já havia comido tudo. Nesse momento, a fome passou imediatamente. Bebi o líquido azul que tinha um gosto de água de poço e a sede desapareceu.

- Jorge, se sua mãe descobrir a receita deste bolo, fará muito sucesso e acabará com a fome de muita gente.

- Tem razão.

- Vamos agora fazer silêncio e descansar. - Disse Nara, bronqueando comigo.

Então, nos deitamos naquele chão gelado. Coloquei o meu tênis como travesseiro e falei perto do ouvido do senhor Simon:

- Não sei, mas acho que essa lagartixa Nara não foi com a minha cara.

- Impressão sua, Jorge. Ela está nervosa por sermos diferentes.

- Nós diferentes? Olha a cara deste povo.

- Eu sei, Jorge, mas eles não acham isso. Vamos descansar, acho que este bolo tem algum sonífero, estou quase fechando os olhos. Amanhã a gente conversa.

Capítulo 2

Saindo do Abrigo

Fomos acordados por Nara. Ela chegou me chutando. Foi aí que vi seu pé que era bem verde e com três dedos pequenos.

- Vamos, acordem! Vocês precisam ficar comigo. - Disse Nara.

Levantamos e todos estavam em pé. Aquele que havia carregado o senhor Simon já havia arrastado a pedra e todos estavam saindo. Assim que estávamos do lado de fora, ele arrastou a pedra de novo no lugar e ela se encaixava tão perfeitamente que nem parecia ter uma abertura ali. Por isso, os Akenias não conseguiram nos encontrar. Mask que estava na frente do grupo saiu com o Fio e todos foram seguindo com pressa e também fomos juntos.

- Nara, você não disse ontem que este Akenias marca o lugar com sensores e é possível nos encontrar?

- Sim, Jorge, mas o Fio conseguiu montar um equipamento esta noite que desativa estes sensores num raio de quinhentos metros e se alguém sair deste raio acaba acionando os sensores.

- Qual é a sua raça, Nara? – Perguntou o senhor Simon.

- Somos Lássios e, antes que me pergunte, o Fio é Dákios e o Mask é Frecan. - Respondeu Nara.

- Quantas raças existem neste lugar? - Perguntei.

- Éramos em torno de vinte raças em Akmelon, até que foram

sendo mortos e varridos do mapa. Hoje somos quatro raças. Na realidade, se vocês conseguirem sobreviver até chegar o portal, quem sabe seremos cinco. - Disse Nara, me olhando e rindo.

- Esta terra se chama Akmelon? - Perguntou o senhor Simon.

- Sim, claro, e estava dividida em cinco territórios que foram destruídos, restando apenas a Alunísia que ainda tem resistido à guerra e onde se encontra o último oráculo. Mas me deixe ir um pouco à frente pra saber quais serão os procedimentos daqui em diante. - Disse Nara, correndo à nossa frente.

Continuamos seguindo aquele grupo.

- Senhor Simon, se continuarmos seguindo este grupo, vamos acabar esquecendo onde deixamos a máquina.

- Não se preocupe. Eu coloquei um sistema de radar nela e poderemos localizá-la com o meu relógio de bolso, pois o ponteiro maior sempre aponta pra onde ela está.

- E se a gente tentasse voltar pra máquina e saísse daqui?

- Complicaremos a vida de todos aqui, Jorge, pois se sairmos do raio que corta o sinal, os sensores serão ativados e eles serão presos.

- Entendi. Só estou numa dúvida.

- E qual é, Jorge?

- Será que estamos do lado certo da guerra?

- Acredito que sim.

- A gente sabe muito pouco sobre este lugar.

- Por isso devemos continuar os seguindo e obter mais informações.

Então, prosseguimos seguindo o grupo e descemos um vale. O sol parecia estar um pouco mais longe que o normal. As plantas eram bem diferentes e havia pequenos animais voando que não eram pássaros, pareciam pequenos morcegos que nos acompanhavam indo de árvore em árvore. De longe deu pra ver um pequeno vilarejo todo destruído. Não tinha uma casa inteira, somente paredes quebradas e alguns ossos pelo chão. A grama tomava conta de todo o lugar. Mask, então, deu sinal pra que todos parassem debaixo de uma grande árvore que ali estava. Todos se sentaram e Nara com Ash traziam, em alguns vidros, um pouco de água pra todos. Aquilo era um alívio. Saímos novamente e atravessamos um desfiladeiro que era tão apertado que mal passava uma pessoa. Depois de descermos algumas horas, chegamos num lugar aberto onde havia um grande salão aberto feito de pedras e ali, novamente, nos sentamos e descansamos.

- Jorge, fazia tempo que eu não andava deste jeito.

- Nem eu! O senhor reparou que o sol aqui é menor?

- Sim, provavelmente, o nosso planeta deve estar um pouco afastado do sol.

Nara chegou e nos deu um pedaço daquele bolo que comemos na noite passada.

- Aproveite que é o último alimento. Vamos esperar o nosso socorro. - Disse Nara.

- Obrigado. - Falou o senhor Simon.

- Qual o nome deste bolo? - Perguntei.

- Este é pão de turva. - Falou Nara.

- E o que é turva? - Perguntei.

- Vocês são estranhos. Vivem perguntando coisas tão normais pra nós. Turva é uma planta que é cultivada em território de Alunísia. - Disse ela.

- E não existe nenhuma fruta ou planta por aqui que possamos comer? - perguntou o senhor Simon.

- Todas as plantas nesta região foram contaminadas. Se comermos qualquer coisa, teremos pouco tempo de vida. Abadom destruiu tudo por aqui, sobraram somente um pouco de Lestins e alguns Curtis. - Falou Nara se sentando próximo a nós.

- Lestins são aqueles animais que gesticulam, certo? E os Curtis? - Perguntei.

- Aqueles, nas árvores, são os Curtis. Eles se alimentam de pequenos insetos, mas também estão desaparecendo, pois tudo aqui está perdendo a vida. Vou contar a história completa pra vocês, assim vocês param de ficar me perguntando.

Sentamo-nos pra ouvir e algumas que pareciam crianças, ou seja, filhotes destes seres, também se sentaram pra ouvir a história. Nara então colocou sua bolsa de lado e começou a contar:

- Há mais ou menos cinco mil e quinhentas luas atrás, o nosso planeta, Akmelon, estava repleto de vida e de raças. Todos viviam em plena harmonia. Ateolion era o líder da raça perfeita chamada Knots. Eles estavam aqui pra nos ajudar e nos ensinar sobre o grande Criador Iaven. Havia muitas festas. Alguns mais antigos nos contam que era possível sentir e até ver a presença de Iaven conosco. Então, os Tekins que são da raça do Jorge e do ancião Simon, estavam crescendo em número. Eles se desenvolviam muito rápido, pois haviam adquirido a bênção de Iaven por conseguirem agradá-lo com suas orações e ofertas. Todas as raças se alegraram com isso e passaram a admirar os Tekins. Procuravam aprender com eles como agradar o grande Iaven. Com isso, houve ciúmes por parte dos Knots, porém, Ateolion conseguiu aplacar seus sentimentos ruins. Abadom, irmão de Ateolion, continuou a instigar e a confundir os Knots que acabaram passando para o lado dele e, numa rebelião, acabou matando Ateolion, se tornando o líder dos Knots. A partir daí, começaram-se as guerras e os conflitos. Os Tekins haviam descoberto uma fonte de energia poderosa de um pequeno fragmento de meteorito que era capaz de produzir energia e suprir muitas coisas. Eles se desenvolveram e muita da tecnologia que temos em nosso planeta veio desta descoberta. Criaram máquinas que ajudavam no dia a dia de todos. Todas as raças participavam e ajudavam em novas tecnologias. Enquanto isso, Abadom se juntava pra roubar os pequenos fragmentos de meteoro que foi chamado de Alunis, por isto a cidade de Alunísia leva este nome. A ideia de Abadom era tirar a fonte de energia dos Tekins e todos teriam que pagar para ele e assim receber a energia. Então, ele invadiu o território dos Tekins e destruiu tudo. Pegou o máximo de Alunis e começou dominar o planeta. Todos passaram a temer a Abadom e quem se revoltava era preso ou morto. Muitas atrocidades foram cometidas por ele. O que ninguém sabia era que os Tekins haviam escondido o que eles chamavam de super Alunis, o centro do meteoro que possuía uma energia infinita, mas, em contato com o corpo de qualquer raça tinha a capacidade de dar poder e fazer coisas inimagináveis. Temendo que Abadom pegasse este super Alunis e se tornasse poderosíssimo, eles o esconderam. Quando Abadom ficou sabendo deste fato, começou uma busca por este super Alunis. Começou a torturar e destruir tudo. As plantações de alimentos foram destruídas, as águas contaminadas, raças desapareceram e parecia o fim. Até que um dos Tekins, não aguentando mais, entregou a Abadom o super Alunis. Abadom criou um anel e no lugar de uma pedra preciosa, ele colocou o super Alunis. Dizem que ele ficou cheio de poder e tinha a capacidade de controlar os seres e torná-los seus escravos. Conseguia dar vida aos que morriam e muito mais coisas. Foi então que percebeu que não eram todos que ele conseguia dominar por este poder. Aqueles acreditavam no Criador Iaven não eram dominados por Abadom. Assim, para se tornar dominador de tudo, começou a criar dúvidas sobre a crença de Iaven. Quem duvidava de Iaven, se tornava seu escravo, tornando-se Akenias, que quer dizer servidores.

Muitas raças foram dizimadas, restando poucas na terra de Akmelon. Por isso, hoje fugimos e nos escondemos de Abadom.

- Então quer dizer que os Akenias, podem ser de qualquer raça. Eles não podem ser libertos de Abadom? – Perguntei.

- Dizem, Jorge, que estes que são dominados, morrem por dentro. Só vivem por domínio de Abadom. Acredita-se que se o anel de Abadom for retirarado, todos eles se desligam e os corpos caem sem vida. – Disse Nara.

- Então quer dizer que qualquer um que for pego, se não for dominado por Abadom, ele mata? E os que são dominados, é como se perdessem suas almas, mas seus corpos são utilizados se tornando Akenias? – Perguntei.

- Sim, Jorge! Meu pai me disse que quando ele saiu para batalha, para impedir a entrada do grupo de Akenias em nossa terra, eu ainda estava no ovo e minha mãe me vigiava escondida em nossa casa. Os Akenias invadiram nossos lares e destruíram tudo. Minha mãe foi atingida e, antes de morrer, se abraçou ao ovo onde eu estava, impedindo que me destruíssem.

- Eu sinto muito pela sua mãe! – disse o senhor Simon.

- Estamos em guerra todos os dias, nos escondendo em todos os cantos. Para destruir um Akenia é só lhe arrancando a cabeça. – disse Nara chorando.

- Então não há esperança? – Perguntei.

- Acontece que uns restantes dos Tekins acreditavam que se pudessem procurar no espaço outro meteoro, ou mesmo um planeta que tivesse outro super Alunis, poderiam derrotar Abadom. Então juntaram vários cientistas e começaram esta busca. Com isso, criaram quatro portais que poderiam atravessar e chegar a locais distantes do nosso universo. O problema era ter energia que pudesse manter esses portais abertos, pois sem Alunis era impossível. Os cientistas ficaram sabendo que alguns fragmentos de Alunis estariam sendo levadas pra um laboratório de pesquisa de Abadom, pois ele também queria encontrar mais Alunis, para se tornar mais forte. Formaram um pequeno grupo e, na calada da noite, roubaram os fragmentos e ligaram o primeiro portal. Eles foram parar em um planeta que deram o nome de Luminiares que, na antiga língua dos Tekins, quer dizer Esperança. Este planeta é diferente de Akmelon, pois tem uma atmosfera melhor e um ambiente propício a se viver. Foi aí que tiveram a ideia de, ao invés de ir atrás de fragmentos de Alunis e buscar uma forma de derrotar Abadom, poderia ser melhor escapar daqui e levar a todos que fosse possível para lá e, depois, destruiriam os portais, impedido que Abadom os encontrasse. Assim fizeram. Muitos atravessaram e passaram a viver nesse planeta bem longe desta galáxia e destruíram o portal, restando apenas três. Mas Abadom destruiu outros dois, impedindo que muitos atravessassem, mas ainda resta um.

- Entendi. Mas Abadom não poderia encontrá-los? – perguntou o senhor Simon.

- Sim, poderia. Acontece que lá em Luminiares, eles voltaram a cultuar Iaven e, numa destas festas, Iaven escolheu um Tekin e disse a ele que voltasse a Akmelon e trouxesse a profecia da prisão de Abadom, mas todos deveriam fugir pelos portais e viver em Luminiares em paz.

- Então por que este Tekin ainda não voltou pra Luminiares? – perguntei.

- Ele está aqui já fazem algumas luas e ele é o último oráculo, pois tem muita sabedoria e tem nos ajudado a enfrentar Abadom. O oráculo nos diz que em breve a profecia contra Abadom vai se cumprir.

- Que profecia é essa, Nara? – Perguntou o senhor Simon todo interessado.

- Eu também não sei. O único que sabe é o Mask e ele prometeu ao oráculo não contar a ninguém, pois se Abadom souber poderia dar um fim em tudo. – Falou Nara, pondo sua bolsa sobre o ombro.

- Então só resta um portal aberto? – Disse o senhor Simon.

- Sim. Os outros foram destruídos, e este também tem poucos

fragmentos para sustentá-lo. Não sabemos se conseguirá ficar aberto ou por quanto tempo estará aberto. Por isso temos pressa. – Disse Nara, se levantando e indo em direção ao Ash, que estava acenando para ela. As crianças vendo que era o fim da história, voltaram a ficar com seus pais.

- Jorge, você viu que história?

- Sim. Se parece com a história que lemos naquele templo, do monte Sinai.

-Tem razão, Jorge. Esse Abadom deve ser terrível. Precisamos conhecer esse oráculo.

- Mas por quê?

- Ele deve saber muita coisa sobre este lugar. Vamos tentar conversar com ele e depois voltamos pra máquina.

- Aqui é muito estranho e esta história da pedra Alunis, que coisa louca.

- Este meteorito deve criar alguma fonte de energia que deve abrir estes portais, formando como diz a ciência, um buraco de minhoca no espaço, modificando o tempo e o espaço, chegando numa nova galáxia, sem precisar viajar milhares de anos luz. – Disse o senhor Simon

- E este Abadom se parece com o Lúcifer?

- Sim, mas ele é antes de Lúcifer. Deve ser a criatura que está descrita no livro do Apocalipse, capítulo nove. Lá se fala de um líder que vai chefiar os anjos caídos que vão ser soltos, Jorge.

- Que horror! Se aqui ele já é problema, imagine depois que for solto no nosso mundo. E como ele deve ser, senhor Simon?

- Ele deve possuir asas, cabeça de homem com cabelo comprido, dentes afiados e ainda uma calda semelhante a escorpião.

- Será que tem como partirmos sem vê-lo?

- Precisamos aprender um pouco mais, Jorge!

- Esse Iaven? Será o nosso Deus?

- Provavelmente, Jorge, pois só existe um Criador.

Neste momento, todos foram chamados e ficamos próximo a uma rocha. Todos agora estavam em silêncio. De repente, escutamos um som vindo ao longe. Fio estava distante sobre uma árvore e acenou para o Mask.

- É o seguinte, precisamos nos dividir em dois grupos. Um vai com o primeiro veículo e o outro vai no próximo. Disse Mask, com ar de preocupação.

Foi uma confusão. Todos estavam assustados e ficavam resmungando. O primeiro veículo parecia com um caminhão, bem largo, de rodas metálicas e quase não fazia barulho. Tinha apenas uma pequena janela na frente, acredito que era para o motorista enxergar. Abriu-se uma porta na traseira e todos da primeira turma foram entrando. Tinha mais seres femininos e crianças. Os que ficaram pro segundo veículo, eram só seres masculinos. O senhor Simon e eu ficamos para a segunda leva.

- Não tem perigo dos Akenias nos pegarem? – Perguntei para o Ash, já que Nara havia ido no primeiro carro.

- Não se preocupe. Uma das nossas equipes está lutando contra eles, para nos dar tempo de fugir.

Logo que o segundo veículo chegou, abriu uma grande porta atrás, formando uma rampa e assim subimos. Lá dentro era tudo branco e com várias luzes. Todos se acomodaram nas poltronas. Ash ao sentar ao meu lado, levantou sua calda, jogando por cima do colo. Parecia uma enorme lagartixa sentada. O veículo saiu sem fazer barulho. Como não tinha janelas, não tinha como ver do lado de fora.

- Como funciona este veículo, Ash? – Perguntou o senhor Simon.

- Aqui tudo precisa da energia Alunis. Um pequeno fragmento aguenta, aproximadamente, seis viagens como a que estamos fazendo.

- Então ainda existe Alunis com vocês? – Perguntei.

- Agora não tem mais. Estamos numa crise energética, depois que Alunis foi roubada. Utilizamos apenas o que foi roubado do estoque dos Akenias. Deixei com a minha filha as últimas pedras para liberar o portal.

A viagem demorou um pouco. Me parecia ter passado algumas horas. Dentro do veículo, um silêncio total, pois acredito que todos temiam ser capturados. Quando o veículo parou, descemos num lugar fechado, parecia uma caverna. Na nossa frente, havia uma grande porta de ferro. Ela então se abriu e entramos num grande corredor. Andamos um bom tempo. Tudo ao redor era rocha, somente o chão era feito de piso que parecia cimento. Chegamos num elevador e descemos muito. Ao abrir as portas, saímos em uma plataforma de ferro e, logo abaixo, havia vários seres andando pelas ruas. Havia como se fosse uma feira livre e todos andando com sacolas. Pelo jeito trocavam coisas por alimento.

- Hoje, todos estão correndo para comprar o máximo de alimentos que puderem levar para passarem pelo portal e irmos para uma nova vida. – Disse Ash todo empolgado.

- Aqui é Alunísia? – Perguntou o senhor Simon.

- De certa forma, sim, mas aqui é o esconderijo A-23. É o maior de todos e o mais seguro. Agora, Alunísia fica na superfície.

- E como vocês pretendem levar todos até o portal? – perguntou o senhor Simon apontando pra todos, mostrando ser muito.

- Preparamos uma saída logo ali. – Apontou Ash pra uma rampa que subia do outro lado de onde estávamos – Já foi tudo planejado. Sairemos todos correndo por aquela rampa e vamos dar de frente ao portal. Se vocês subirem, encontrarão um arco gigante que é o portal e assim que passarmos por ele, estaremos no novo planeta.

- E quanto tempo o portal ficará aberto? – Perguntou o senhor Simon.

- Olha, é difícil dizer, os fragmentos disponíveis são poucos. Queremos acreditar que, juntando os fragmentos que estão com a Nara, talvez todos consigamos atravessar. A ideia é que assim que todos passarem, o portal será destruído. – Disse Ash preocupado.

- E como vocês destruirão o portal? – Perguntei.

- Depois que todos tiverem passado, o último ligará um explosivo que está acoplado ao portal e terá pouco tempo pra entrar até que tudo seja destruído. – Falou Ash.

Neste momento, chegou um ser semelhante ao Mask, o gorila, ficou nos olhando e perguntou ao Ash:

- Onde estão os outros?

- Como assim, Rodi? Eles vieram na frente. Minha filha Nara estava com o primeiro veículo.

- Não chegou ninguém. Vocês sãos os primeiros e o Mask? – falou Rodi, meio constrangido.

- Estava no primeiro veículo. Será que foram capturados? – Falou Ash nervoso.

- Tentamos entrar em contato, mas ninguém responde. Vocês estão com os fragmentos?

- Não, estava com a Nara. - Disse Ash.

- Então será necessário abrirmos o portal com os poucos fragmentos que temos e partirmos. Se eles foram capturados, corremos um risco dos Akenias nos acharem. – Rodi falou e já acenou para um grupo que estava na parte debaixo e começou uma correria.

- Não posso deixar Nara. Preciso ir atrás dela. Ela é minha filha. Vocês têm poucos fragmentos e, com isso, terão pouco tempo no portal, muitos não conseguirão passar. – Ash falou isto com lágrima nos olhos.

- Desculpe, Ash. Vamos tentar, pelo menos, salvar alguns daqui e, infelizmente, não podemos arriscar mais ninguém pra tentar socorrer o Mask e o grupo dele. – falou Rodi.

- Eu entendo, mas me arrume um veículo que vou ao encontro de Abadom. – falou Ash.

- Isto é suicídio, Ash! Talvez todos estejam mortos. E precisamos de todos os fragmentos que temos – Falou Rodi, sem compaixão.

- Libere um veículo pequeno, pois se achar Nara, poderei salvar mais gente. - Disse Ash.

- Nós iremos com você, Ash. – disse o senhor Simon.

Acho que o senhor Simon disse isso por impulso e sem pensar.

- Não posso colocar vocês em risco, melhor vocês atravessarem o portal. – Disse Ash.

- Quem são estes dois? – Perguntou Rodi.

- Os encontramos no meio da fuga dos Akenias. – Falou Ash.

- Muito bem, faça o seguinte, pegue o veículo terrestre que eu estava usando, acredito que tenha fragmento pra ir e voltar, mas é melhor você ir ao encontro do oráculo. Acredito que ele poderá ajudá-los e, assim que anoitecer, o portal será ligado e começaremos a passagem. Você sabe que assim que o portal se fechar, ele será destruído, pois é a única forma de livrarmos de Abadom. – Falou Rodi.

- Sei. Este é o último portal, mas prefiro ficar do que partir sem minha filha. – Disse Ash.

- Então corram! E que Iaven esteja com vocês. – Falou Rodi, dando um abraço no Ash e em nós.

Voltamos pelo elevador e saímos em um lugar cheio de veículos, alguns pequenos, outros grandes. Alguns estavam totalmente destruídos, pareciam que estávamos em uma oficina de conserto. Percebi que eles estavam retirando os fragmentos dos veículos. Eram pequenas pedras azuis que emitiam uma pouca luz. Acredito que estavam juntando o máximo de fragmentos para abrir o portal. Então, Ash achou um pequeno veículo que o fragmento ainda não tinha sido retirado e entramos. Ele tinha lugar pra quatro pessoas. Não tinha volante no painel, somente espaço para apoiar as mãos e era onde Ash conseguia controlar o veículo. Não tinha pedais ou algo para acelerar ou frear, ainda no painel, tinha alguns sensores coloridos com umas inscrições que nunca tinha visto antes. Então, o veículo saiu e não tinha roda ele plainava sobre a pista e começamos a sair daquele local. Este, pelo menos, tinha janela e dava pra ver o lado de fora.

- Como você consegue controlar o veículo? - Perguntou o senhor Simon.

- Eu consigo controlar com as minhas mãos cada movimento que quero fazer. Por exemplo, se quero que vá mais rápido, empurro pra frente, se vou virar, puxo de um lado e assim por diante. - Disse Ash.

- Entendi. - Falou o senhor Simon, me olhando admirado.

Ash seguiu dirigindo sem falar nada. Eu e o Simon ficamos também em silêncio, pois estávamos preocupados com o que poderia ter acontecido com todo o grupo. A paisagem do lado de fora era bem diferente, havia árvores pequenas e logo elas foram ficando pra trás e começamos a passar por vários rochedos, e logo a frente parecia um deserto. Depois de algum tempo, entramos em um lugar que parecia uma grande caverna. Estava cheio de rochas e o veículo nem se quer balançava e cada vez que ia entrando, tornava-se mais escuro até que algumas luzes no veículo se ascenderam e percebi que estávamos descendo dentro daquela caverna que parecia não ter fim. Ash parou o veículo e então descemos.

- Onde estamos, Ash? - Perguntei.

- Estamos no esconderijo do oráculo. Só precisamos aguardar. Assim que ele perceber que estamos aqui vai abrir a porta. - Falou Ash

Foi ele terminar de falar, houve um barulho de zumbido, o chão tremeu e uma fenda se abriu na parede. Ash entrou e o seguimos. Saímos em um salão grande e o lugar tinha vários desenhos nas paredes, com algumas inscrições que pareciam mapas estelares.

- Venham! Vamos nos sentar ali, naquelas pedras. - Disse Ash, apontando para umas pedras em formato de banco.

No fundo da sala, havia uma porta que parecia ser de ferro toda trabalhada, com o símbolo de uma coroa no centro. Foi então que escutamos ela se abrir rangendo, como se há muito tempo não se abria. De lá de dentro saiu um ser humano como a gente. Parecia um idoso apoiado num pedaço de metal. Tinha cabelos bem brancos e bem aparados, o rosto todo enrugado e sem barba, uma roupa que parecia um vestido de pano velho.

- Olá, Ash, quanto tempo, hein? - Disse o velho, olhando para nós.

- Sim, oráculo, mas vim para pedir ajuda. - Ash falou, beijando a mão do velho.

- Sabe, Ash, eu sempre esperei a profecia se cumprir e às vezes me perguntava quando aconteceria. O tempo passou e hoje vejo ela se cumprir.

- Como assim, oráculo? - Perguntou Ash.

O velho, então, veio em minha direção e colocou a sua mão em meu rosto, estava gelada, segurou o meu queixo e o virou dos dois lados para me ver completo.

- Então você é o Jergo? - Perguntou o oráculo.

- É Jorge, seu oráculo. -Respondi.

- Sim, me desculpe. É que faz muito tempo quando ouvi o seu nome. - Falou o oráculo, me abraçando.

- E quem falou de mim pro senhor? - Perguntei.

- Quando recebi a profecia de Iaven, Ele disse que apareceriam dois Tekins, um ancião e um mais jovem, e ele teria a capacidade de acabar com a tirania de Abadom. - Falou o Oráculo, abraçando o senhor Simon.

- Espera, seu oráculo, o senhor deve estar enganado, pois nós não somos daqui. - Falei

- Nos conte sobre esta profecia, seu oráculo. - Disse o senhor Simon.

- Bem, a profecia diz que o jovem Jergo irá enfrentar Abadom e conseguirá derrotá-lo, pois somente ele tem a capacidade de vencê-lo. - Falou o oráculo, se sentando numa pedra. Eu sei que vocês não são daqui, pois vieram de Ishater o planeta azul.

- Ishater? - Perguntei.

- Olhe ali naquela parede e veja Samão o mapa da constelação. - Falou o oráculo, apontando para os desenhos na parede.

- Desculpe te corrigir, oráculo, mas meu nome é Simon. - Falou o senhor Simon.

- Me desculpem. Faz muito tempo que ouvi a profecia, e já nem lembro os nomes corretamente. - Disse o oráculo, apoiando a mão sobre Ash que estava mudo com tudo isto.

- Quer dizer que os dois vieram de Ishater e o menino é o guerreiro? - Perguntou Ash.

- É, Ash, sem saber, você foi usado por Iaven para acabar com Abadom. - Falou o oráculo.

Olhamos para a parede e dava pra ver que era o mapa do sol e os planetas em volta e cada um tinha um nome diferente.

- Veja, Jorge, aqui é a Terra e nós estamos pelo que vejo no planeta Marte. - Disse o senhor Simon todo empolgado.

- Como assim? A máquina nos trouxe pra Marte? – Falei, tentando entender os desenhos.

O senhor Simon foi até o oráculo e sentou-se de frente com ele e disse:

- Me diga o que tem no planeta azul, seu oráculo.

- Lá é bem primitivo. Alguns Tekins criaram uma nave, escaparam de Abadom e fugiram pra lá, tentaram sobreviver e a história que nos chegou foi que alguns morreram e outros ainda estão vivos, mas o planeta é bem instável. Às vezes é bem frio ou bem quente, ainda tem muita erupção vulcânica. E por que me pergunta se vocês vieram de lá?

- É que viemos de um outro tempo, ou seja, atravessamos o tempo e o espaço e chegamos aqui. - Falou o senhor Simon.

- Eu sei que vocês têm muito pra conversar, mas acontece, oráculo, é que Abadom está com minha filha, o Mask e ainda outras pessoas. Viemos aqui justamente pedir sua ajuda, pois a minha filha está com os fragmentos para o portal. - Disse Ash, cortando a conversa do senhor Simon.

- Minha ajuda? Você já está com o guerreiro, Ash, vou junto com vocês até o palácio de Abadom, pois hoje será o fim dele. - Disse o oráculo se levantando.

- Ei, espera aí, eu não sei nada de guerreiro, nunca vi este tal Abadom e não tenho arma nenhuma. - Falei.

- Não se preocupe. Iaven vai te ajudar. - O oráculo disse isso caminhando para sair da sala e Ash atrás.

- Jorge, não se preocupe vou estar junto com você e nada vai acontecer. - Disse o senhor Simon seguindo eles.

- É fácil falar, o senhor não é o guerreiro da profecia. Por isso eu digo que cada viagem que fazemos na máquina do tempo quem sempre se estrepa sou eu.

- Calma, Jorge, estaremos todos lá e sei que Iaven vai te ajudar. - Disse Ash.

Assim, saímos, entramos no veículo e o oráculo sentou ao meu lado e o senhor Simon ao lado do Ash, tentando ver como funcionava a tecnologia do veículo.

- Qual o seu nome, oráculo? - Perguntei.

- Meu nome é Linay, mas todos me chamam de oráculo, por ser um guardador da profecia. - Falou ele, escrevendo o seu nome numa folha que tirou do bolso, com um pedaço de madeira, que parecia um carvão.

Quando peguei o papel, mostrei para o senhor Simon.

- Olha aqui como se escreve o nome dele, senhor Simon.

O senhor Simon pegou o papel e ficou admirado.

- Jorge, você não vai acreditar.

- O que foi, senhor Simon? - Perguntei.

- Letras semelhantes existem gravadas lá nas Pedras de Ingá!

- Pedras de Ingá? O que é isto? - Perguntei.

- É uma rocha que possui umas inscrições lá na Paraíba e até hoje nunca foram decifradas. Então, os Tekins que ficaram no planeta, escreveram algo naquelas rochas. Precisamos aprender essa nova língua pra podermos decifrar o que foi escrito lá. - O senhor Simon fica todo empolgado quando descobre algo.

- Como posso aprender a sua língua escrita? - Perguntou o senhor Simon para o oráculo.

- Muito simples. Segure na mão do Jergo e segura na minha mão esquerda, e o Jergo na minha mão direita.

- É Jorge, seu oráculo!

- Me desculpa, pois já estou meio velho para decorar nomes.

Formamos um círculo dentro do veículo enquanto Ash dirigia. Então, o oráculo fechou os olhos e curvou a cabeça. De repente, senti como se fosse um choque elétrico passar por todo meu corpo e minha cabeça parecia estar desligada do corpo. Veio mais um choque e o oráculo soltou nossas mãos. Senti minha cabeça doer um pouco.

- Pronto! Consegui passar pra vocês o conhecimento da língua. – Disse o oráculo, com os olhos bem vermelhos.

- Como você fez isto? - Perguntei.

- Apenas peguei o que sei e passei pra vocês. Como vocês fazem para aprender em sua terra? – Perguntou o oráculo curioso.

- Em nossa terra, quem tem o conhecimento explica e passa a informação falada ou escrita para que possamos aprender. – Falou o senhor Simon.

- Nossa, que primitivo, aqui a informação é passada deste jeito. Logo que alguém se torna adulto, o mais velho da família passa tudo o que sabe para o jovem. Ele fica uns dois dias desacordado para que o cérebro adquira o conhecimento, mas quando acorda já sabe tudo e vai tentar adquirir mais informações e passar para nova geração. Assim, não perdemos tempo e vamos evoluindo. – Falou o oráculo.

- Interessante! E tem como nos passar seu conhecimento? – Perguntou o senhor Simon.

- Infelizmente, não, pois percebi que vocês não tem um desenvolvimento cerebral como o nosso, se eu passar o que sei, vocês podem não mais acordar. – Falou o oráculo.

Ao olhar o painel do veículo, consegui ler o que estava escrito, pois marcava a quantidade de energia do Alunis, a altura do chão e outras coisas. Eu estava lendo tudo agora.

- Bem, oráculo, estamos chegando próximo ao palácio de Abadom, é melhor deixarmos aqui o veículo e seguirmos a pé. Assim teremos este veículo para voltar, se acaso formos capturados, não destruirão o veículo. – Disse Ash.

- Bem pensado, Ash, então vamos seguir a pé!

Descemos e Ash apertou um botão no veículo e ele ficou da cor das pedras. Assim, ele ficou camuflado.

- Já sei, senhor Simon, pensou em usar esta técnica de camuflagem na máquina?

- Isto mesmo, Jorge, assim ninguém a encontraria.

- Vamos! Não podemos perder tempo, precisamos entrar no palácio. – Disse Ash.

Seguimos a pé e ao longe podíamos ver uma construção como se fosse uma pirâmide, com uma grande entrada, e do lado de fora, vários seres que são os Akenias, andando e fazendo guarda. Eles estavam com algumas coisas que pareciam armas. De repente, passou sobre nossas cabeças uma daquelas máquinas voadoras que vimos no início. Conseguiu pousar ao lado da pirâmide e vimos várias criaturas acorrentadas descendo da aeronave.

- Veja, oráculo, será que o Mask e a Nara estão naquele grupo?

- É difícil dizer, Ash, precisamos entrar no palácio sem sermos pegos. – Disse o oráculo, desenhando no chão.

- E como vamos fazer isto? – Perguntou o senhor Simon.

- Sei de um lugar em que é possível entrar por de baixo do palácio e dá pra sair dentro do salão de festas, então poderemos seguir onde estão os presos. Abadom vai querer torturá-los antes de matá-los para saber onde está o outro portal.

- Então precisamos ir rápido antes que alguém fale onde está o portal. – Disse Ash desesperado.

- Vamos seguir por trás daquele rochedo. Assim, poderemos encontrar a entrada. – Falou o oráculo, apontando para o desenho que havia feito.

Quando fomos chegando próximo ao rochedo, escutamos um barulho estranho e quando vimos, caiu sobre nós uma rede pesada que nos atordoou. Não conseguimos nos levantar. Então, percebi alguém puxando o meu braço e colocando um pedaço de ferro e uma corrente. Ali estavam alguns gorilas que tinham os olhos vermelhos e um lagarto como o Ash que parecia estar no comando, seus olhos também eram bem vermelhos. Todos nós fomos acorrentados e colocados dentro de um pequeno veículo. Os Akenias nos levaram para dentro do palácio. Interessante que os Akenias não falavam, eles apenas olhavam um para o outro e parece que assim eles se comunicam e faziam as coisas. Descemos e nesta sala haviam gaiolas enormes e em cada uma delas estavam alguns seres separados por raças, cada um em sua gaiola. O oráculo, o senhor Simon e eu fomos tirados da corrente e colocados numa gaiola separada. Éramos os únicos Tekins naquele lugar. Ash foi colocado numa outra gaiola em frente a nós e lá estava Nara. O cheiro do lugar era horrível e havia sangue espalhado por todo canto, alguns Akenias vigiavam. Na parede, havia o corpo de um gorila sem a cabeça. No chão, o corpo todo ensanguentado de um daqueles de cabeça de peixe, e parecia morto.

- Nara, você está bem? – Perguntou Ash, abraçando a filha.

- Sim, pai, mas pegaram o Mask e o mataram. – Disse Nara, apontando para o corpo pendurado na parede.

 - E o Fio? – Perguntou Ash.

- Abadom o torturou para que falasse onde está o portal, mas ele disse que não falaria. Então, começou a torturar o Mask na frente do Fio e eles não falaram. Vendo que não conseguiria tirar nada deles, os matou. – Nara falava, chorando inconsolável.

- E onde está Abadom? – Perguntou o Oráculo para Nara.

Ela apenas gesticulou com a cabeça que não sabia.

- E agora, oráculo? – Perguntei.

- Gostaria de saber, Jergo, mas, infelizmente, não sei. Acredito que a profecia vai se cumprir. – Disse o oráculo, se sentando no chão meio que decepcionado.

Estar naquele lugar era horrível, dava pra ouvir alguns choros e gemidos de alguns ali. O senhor Simon ficou sentado ao lado do oráculo. Estávamos todos ali incapacitados, sem ter o que fazer, apenas esperando um final trágico. Havia apenas dois guardas, um próximo à saída e outro que ficava fazendo a ronda com uma daquelas armas.

- Senhor Simon, tive uma ideia! Venha aqui, por favor!

- Qual a sua ideia, Jorge?

- O senhor acha que consegue segurar algum daqueles Akenias?

- Acho que não, Jorge, eles são muito fortes, mas posso tentar.

- Eu ajudo também. Estou velho, mas posso tentar. – Disse o oráculo.

- Ótimo! Quando eu disser "Já!", vocês tentam segurá-lo.

- Mas o que você vai fazer, Jorge?

- Espera, senhor Simon.

Olhei para um dos Akenias que fazia a ronda e falei:

- Ô cabeça de bagre, venha aqui. Preciso falar com você.

- Eles não ligam para o que você fala, parece que não escutam, só quando sentem que podem ser atacados ou ameaçados. Aí eles vêm pra cima, Jorge! – Disse Nara, me olhando.

Então, peguei um chiclete que estava no meu bolso e comecei a mascar. Tirei da minha boca e o Akenias que passava bem na minha frente estava com a boca aberta. Então mirei e joguei o chiclete dentro de sua boca, acertando sua garganta. Ele começou a sufocar e tossir, tentando tirar da sua garganta o chiclete, até que conseguiu, cuspindo no chão. Ele ficou olhando para mim com muita raiva e veio em minha direção. Ele veio me acertar com a arma que parecia uma pistola. Então, saltei para trás, o senhor Simon e o oráculo o seguraram pelas pernas embaixo e foi então que segurei e puxei a sua arma. Bem rápido, puxei o gatilho e o tiro o acertou no peito, derrubando no chão. O outro Akenias entrou pra ver o que acontecia, saiu correndo para chamar ajuda, acredito. Mirei agora na fechadura da gaiola e o tiro acertou em cheio, abrindo a gaiola.

- Ótimo, Jorge! Tente soltar os outros. – Disse o oráculo.

Fui em direção à gaiola da Nara e atirei na fechadura, abrindo a porta. Todos começaram a sair. Foi então que alguém me segurou pelo braço com muita força. Quando vi, era o Akenias que havia se levantado. Estava com um buraco no peito e com muita raiva. Me jogou contra a parede. Só senti a pancada e percebi a dor nas minhas costas. A arma caiu nos pés do senhor Simon. Ash foi pra cima do Akenias e, com sua cauda, o derrubou ao chão e, com a faca do Akenias, arrancou sua cabeça.

- Eles não morrem se não lhes arrancar a cabeça! – Disse Ash, se levantando.

Nara pegou a arma que estava com o senhor Simon e foi soltar os outros. Então, um dos amigos do Ash me levantou e disse:

- Tekin, você tem coragem mesmo!

- Não sei se é coragem ou medo de morrer. – Respondi.

- Jorge, você está bem? – Perguntou o senhor Simon todo preocupado.

- Estou sim, só um pouco dolorido.

- Ash, leve todos para o salão de festa e tente sair pelo caminho secreto, enquanto levarei o Jergo e o Simon para encontrar Abadom. – Falou o oráculo, me puxando.

- Ei, espera aí! Esse oráculo tá maluco. Agora que conseguimos uma oportunidade pra fugir, ele quer que eu vá até o Abadom.

- O Jorge tem razão, oráculo, não tem porque enfrentar Abadom se vamos partir de Akmelon. – Disse Nara.

- Vocês não entendem. É necessário que ele lute com Abadom, para derrotá-lo. É o que diz a profecia. – Falou oráculo.

- Olha, mais uma vez que você falar desta profecia, eu juro que te arrebento, velho. Vai ser violência ao idoso. Temos a oportunidade de fugir e o senhor quer que eu encontre esse Abadom que nunca vi na vida. – Falei.

- Espera um pouco, gente, vocês não estão achando estranho que nenhum Akenias veio nos impedir de fugir? - Falou o senhor Simon, olhando pela porta.

- Tem Razão, Simon, estou achando que deve ser alguma armadilha. – Disse Ash.

- Vamos sair todos. Ninguém vai encontrar Abadom agora. Seguiremos até o salão e de lá encontraremos a saída. – Disse Ash, bem nervoso.

- Isso aí, Ash, concordo com você. Não tem nada que enfrentar Abadom. Agora, o negócio é fugir deste lugar. – Falei, olhando pro Oráculo que balançava a cabeça negativamente.

O oráculo então fechou a cara. Seu semblante era de alguém com muita raiva. Saímos todos juntos e passamos por alguns pilares enormes de pedra. Já dava pra enxergar o céu bem claro e branco. A luz do sol parecia estar se pondo e Ash sempre pedindo para irmos agachado. Entramos num corredor escuro e foi necessário que todos déssemos as mãos para não nos perdermos, pois me parece que o Ash e a Nara conseguem enxergar no escuro. Assim, fomos seguindo. Saímos em outro salão enorme de pedra. Havia colunas enormes e, na parte de cima, como se fosse um lustre, algo como uma bacia contendo vários fragmentos e a sua cor azul iluminava todo o recinto. Dava pra ver várias portas nas paredes. O lugar dava arrepios.

- Cadê o oráculo para nos informar onde fica a saída secreta? – Perguntou Ash.

Procuramos entre todos e o velho havia desaparecido.

- Não é possível! E agora? Como vamos sair daqui, pai? – Perguntou Nara.

- E por que vocês querem sair? – Uma voz forte soou dentro do salão.

Por cima do salão havia como se fosse uma galeria que era circular e estava repleto de Akenias, todos com armas apontadas para nós. Embaixo, nas portas, havia seres estranhos. Eles tinham cabelos compridos, tinham o corpo de homem e grandes braços, mas da cintura pra baixo era corpo de cavalo com asas e o rabo era como se fosse de escorpião. Era muito bizarro. Eles tinham, aproximadamente, quase três metros de altura e pareciam bem fortes. Um deles tinha uma coroa na cabeça e saiu para o centro do salão. A cara dele era a mais feia de todos. Os cabelos pareciam embaraçados, daqueles que faz muitos dias que não lava. Vi na sua mão direita um anel enorme com uma pedra bem verde, de onde saía uma luz linda. Então, deduzi que era Abadom. Ele começou a falar:

- Vocês acham que vão sair daqui vivos? Só há uma chance pra saírem. Digam-me onde está localizado o último portal.

Nesta hora, um olhou para o outro e todos ficaram em silêncio.

- Ninguém vai falar? Vou ter que começar matando um por um? – Falou Abadom, batendo sua cauda no chão como se estivesse afiando o ferrão.

Alguns se esconderam atrás do Ash, outros se apertavam contra parede, temendo o que poderia acontecer. O senhor Simon estava do meu lado e não parecia com medo.

- Jorge, dá uma olhada atrás do Abadom. – Disse o senhor Simon.

- Já vi! É um enorme ferrão de escorpião.

- Não, Jorge, atrás dele, próximo à coluna.

- Não acredito! É o oráculo, senhor Simon?

- Isto mesmo. Será que foi pego pelo Abadom?

- Eu sei que vocês vão falar. Estão acreditando que o guerreiro da profecia está aqui pra me destruir? Venha aqui, seu velho! – Disse Abadom. Com sua cauda segurou o oráculo e o jogou para o meio do salão.

- Sim, senhor Abadom, ele está aqui. É aquele tekin jovem. Como havia te prometido, eu o trouxe. Ele é o guerreiro enviado por Iaven. Agora, por favor, me faz ficar jovem novamente.

- Idiota, acreditou mesmo que eu conseguiria te fazer rejuvenescer? – Falou Abadom, acertando o oráculo com sua cauda, jogando-o para alto e fazendo-o cair bem próximo a nós.

Ash foi até onde ele estava e tentou levantá-lo, mas ele parecia estar todo quebrado.

- Oráculo, você nos traiu! Queria ficar jovem de novo? – Perguntou Ash.

- Me perdoe, Ash. De que me adiantava ir para outro planeta, se logo meus dias estariam contados? – Falou o oráculo com dificuldade.

- Você poderia terminar os seus dias com honestidade e sabendo que Iaven te daria repouso. – Ash falou chorando.

- Agora é tarde. – Falou Oráculo, dando seu último suspiro.

- Difícil se decepcionar com seu fraco líder religioso. Acreditou nas suas profecias, Ash? – Perguntou Abadom.

- Estou decepcionado é com você, Abadom. Um ser criado por Iaven para ser puro, nos orientar na adoração e para servi-lo. – Falou Ash, se levantando.

- Vocês são um bando de idiotas! Iaven não está nem aí com vocês. Olhem para o guerreiro que preparou para lutar contra mim! Parece uma piada! Um tekin mirrado, sem nenhum atributo. Iaven deve estar se divertindo com os seus sofrimentos. Não pensem que escaparão de mim, nem indo para outro planeta, pois também já tenho um portal que este velho construiu, acreditando nas minhas promessas. Só preciso das coordenadas certas e irei buscá-los, e destruí-los.

- Por isso você quer o outro portal? Para saber as coordenadas? Nunca saberá! Disse Ash, indo em direção a Abadom.

- Quer lutar comigo, Ash? Terei o maior prazer em matá-lo. – Abadom falou, levantando sua cauda.

Nesta hora, alguns seres, semelhantes a Abadom, saíram voando e seguraram Ash, levando-o para o outro lado. Ash tentou escapar, mas eles eram muito fortes.

- Primeiro, vou acabar com o guerreiro que vocês tanto acreditam. Venha, tekin, e lute comigo. - Falou Abadom, me encarando.

Todos que estavam ali me olharam. Nara disse:

- Vai, Jorge! Se você é o guerreiro, acaba com ele. Iaven está com você.

- Até poderia ir, mas meus joelhos não estão me ajudando! – Falei, tremendo de medo.

- Pegue isso! É a única arma que temos. – Nara falou, me entregando uma pequena faca.

- Mas e aquela outra arma que usei para atirar no Akenias?

- Infelizmente, acabou a energia do fragmento. Ela só dá cinco tiros e, depois, precisa de outro fragmento. – Nara falou com um ar de decepcionada.

- Jorge, não se preocupe. Use a sua fé em Deus e lute contra o inimigo. - Falou o senhor Simon, me dando apoio.

- Vamos, mirrado, está com medo de morrer? – Gritou Abadom e todos os seus súditos riram.

Fui para o meio do salão e me lembrei das aulas de capoeira que faltei, pois não achava importante, agora iriam me ajudar muito. Nesta hora, me ajoelhei e falei:

- Meu Deus, se realmente sou teu escolhido, me ajude a vencer este monstro!

Nessa hora, levei uma pancada no meu lado e fui lançado contra a parede. A minha faca caiu no chão e sentia muita dor. Levantei-me, novamente, peguei a faca e, meio que mancando, me aproximei de novo.

- E aí, você acha que é o escolhido de Iaven? – Falou Abadom, rindo.

- Olha, vou ser sincero. Não sei quem é Iaven, mas de uma coisa sei, eu sou um escolhido de Jesus e vou te enfrentar, nem que tenha que morrer. Pelo menos, sei que lutei para o bem dessas pessoas.

Fui na direção dele e, como sou pequeno, consegui escorregar pelo meio das suas pernas de cavalo e encravei a faca debaixo dele. Ele gritou e voou. As suas asas fizeram um grande barulho, e no ar ele conseguiu arrancar a faca e jogar em minha direção. Do buraco aberto pela faca, saia um sangue verde. Aos poucos, o buraco foi fechando e ficou como se nada tivesse acontecido.

- Esqueci-me de dizer que com o super Alunis eu sou imortal! – Disse Abadom, me olhando de novo.

Só podia ser brincadeira. Nessa hora, percebi que eu não poderia fazer nada contra ele e, pela lógica, iria morrer. Mas, mesmo assim, peguei a faca, novamente, e corri em sua direção. Ele veio voando, me pegou pela cintura e me levou para o alto. Naquele momento, senti o seu hálito de coisa podre e seus olhos, com ironia, me olhando.

- E agora, guerreiro? Te solto daqui e será o seu fim!

- Cara, se você puder falar, virando esta boca para outro lado, eu agradeço. Prefiro morrer a sentir o teu hálito. Acho que a carniça que você comeu devia estar podre.

Todos que estavam junto com a Nara começaram a rir.

- Ainda faz piada, sabendo que vai morrer?

Virei o rosto pra não sentir o cheiro novamente, pois ele estava gritando bem na minha cara, e vi o anel no seu dedo direito. Então, com muita rapidez, meti a faca no seu dedo, arrancando-lhe junto com o anel. Ele deu um brado de dor e me soltou. Só deu tempo de fechar os olhos e esperar pelo chão. Mas, ao cair, senti algo macio que me amorteceu na queda. Quando olhei, era Nara que havia se jogado ao chão para que caísse em cima dela.

- Nossa! Você é magro, mas é pesado. – Disse Nara, se levantando.

- Obrigado, Nara, se não fosse você, eu poderia estar morto.

- Eu sei, Jorge, mas ainda não acabou. Precisamos vencer esta batalha.

Quando olhei, os Akenias estavam todos caídos como mortos no chão, pois como cortei o dedo com o anel de Abadom, os seus poderes se acabaram. Nara, com todos que estavam ali, começaram a lutar contra os súditos do Abadom. Alguns conseguiram as armas dos Akenias. Estavam atirando e acertando alguns deles, mas eles eram fortes e não morriam. Abadom saiu voando para o lado de fora do salão, e os seus súditos o seguiram.

- Vamos atrás deles! Acho que vão acionar o portal para fugirem.

– Disse Ash, correndo na direção deles.

Saímos todos correndo. Do lado de fora estava tudo escuro. Dava pra ver algumas estrelas no céu. De repente, uma luz forte, azul e branca, iluminou todo o lugar. Abadom havia ligado o portal que era todo feito de pedra, formando um arco enorme. No centro, havia como se fosse um líquido azul e branco que se misturava no meio do portal. Os súditos de Abadom estavam entrando pelo portal e desaparecendo em seguida. Abadom e alguns súditos, para manter todos longe, batiam suas asas, bem forte, criando uma ventania e uma nuvem de poeira enorme. Mal dava pra enxergar.

- Vocês acham que me venceram? Eu vou voltar. Só tenho mais uma coisa a dizer: a bomba que criei está ativada. Dentro de pouco tempo, tudo será destruído e, quando isso acontecer, Akmelon será varrida do mapa e da história. Você, Tekin, um dia me paga. – Disse Abadom, entrando pelo portal e desaparecendo.

Ash correu em direção ao portal, abrindo uma caixa ao lado. Começou apertar alguns botões e arrancou o fragmento de Alunis que ali estava. Então, o portal se fechou.

- O que você fez? - Perguntou o senhor Simon.

- O que ele não sabia era que eu sei codificar o portal. Ele colocou as coordenadas para o planeta azul, pois acho que lá ele teria tempo para tentar nos encontrar. Então, eu desativei o portal de saída. Eles ficarão presos dentro do tempo e espaço por um bom tempo. – Falou Ash, todo empolgado.

- Eles ficarão presos, precisamente, onde? – Perguntei.

- Com o fechamento do portal, eles ficam dentro de uma bolha cósmica, no tempo. Não tinha mais como alterar o destino. Só fechei todas as portas.

- Existe a chance de saírem? – Perguntou o senhor Simon.

- Há uma possibilidade, se alguém com a super Alunis criar um novo portal, no planeta azul. Aí, é possível libertá-los. – Disse Ash.

- Estamos lascados. Ainda mais sabendo que Lúcifer está com o cetro. – Falei.

- Como assim, Jorge? – perguntou Ash.

- Nada, não. Eu só estava pensando alto, né, senhor Simon?

- É verdade, Jorge. Ash, e quanto essa bomba que Abadom falou?

- Essa é uma bomba que Abadom estava construindo. Segundo as informações que temos, tem uma força para acabar com o planeta. Será a destruição de todos os seres e da vida em Akmelon. Não sabemos onde ela se encontra para desativarmos, então é melhor pegarmos o anel da super Alunis, levarmos embora e carregarmos o máximo de fragmentos para manter o portal aberto. – Falou Ash.

- O anel está comigo, pai. No meio da confusão, achei atrás de um pilar. Ainda tem o dedo do Abadom. Quer levar de troféu, Jorge? - Falou Nara, levantando o dedo com o anel espetado numa faca.

- Muito obrigado! Quero esquecer este dia. – Falei.

- Jovem, você pode até esquecer, mas nós nunca esqueceremos

de como você enfrentou Abadom e conseguiu tirar seu poder. Graças a você podemos ter liberdade, pois você é um guerreiro de Iaven. - Falou uma criatura com cara de peixe, me abraçando.

- Vamos! Não podemos perder tempo. Pegaremos a nave dos Akenias e iremos todos para o portal. –Disse Ash, destruindo o portal de pedra, com ajuda de mais alguns seres.

Saíram todos correndo. Alguns iam pegando fragmentos e levando para dentro da nave. Haviam muitos Akenias mortos por onde a gente passava. Logo, todos estavam dentro da nave e levantamos voo em direção ao portal. A nave era grande, mas havia poucos bancos. Tinha espaço para caber umas três gaiolas, nas quais ficamos presos. Também não havia janelas. Tudo era escuro. Apenas alguns fragmentos pequenos que estavam dispostos por cima do teto iluminando o lugar. Dentro da nave, Ash conseguiu entrar em contato com o esconderijo A-23. Eles disseram que haviam ligado o portal, mas apenas a metade havia passado. Os fragmentos que tinham não eram suficientes para manter aberto, mas ficaram felizes ao saberem que estávamos levando uma boa quantidade de fragmentos. Me sentei ao lado do senhor Simon, no chão.

- O que vamos fazer agora, senhor Simon?

- Acho que devemos voltar com eles e, depois, pegarmos a nossa máquina e voltarmos pra casa. Já passamos por muita aventura. – Disse o senhor Simon, batendo nas minhas costas.

Nara se sentou ao meu lado, colocando sua calda sobre o seu colo e a sua bolsa que encontrou dentro do palácio.

- Mudei meu conceito sobre você. Achei que era um Lestins, mas vi que é um garoto de fé e coragem. – Falou ela, me dando um beijo no rosto.

- Obrigado, Nara! Você é uma pessoa legal.

- Pena você não ser da minha raça, pois poderíamos ficar juntos. Você não quer o dedo de Abadom? – Ela falou, me olhando com olhar de carinho, tirando da bolsa o dedo de Abadom com o anel.

- Assim você me deixa sem graça, Nara. Pode ficar pra você o dedo dele. Eu não quero.

- Obrigada, Jorge, nem sei como agradecer pelo presente, mas vou pensar em alguma coisa. – Disse Nara, se levantando e mostrando o dedo de Abadom. Todo mundo queria pegar e tocar. Que nojo!

- Jorge, uma coisa é certa, toda vez que Abadom olhar a mão, vai se lembrar de você! – Falou o senhor Simon, comendo uma fruta que ganhou de um dos seres.

- Deus me livre! Que ser horrível era ele. O pior é que fedia podridão.

Não demorou muito e chegamos. Havia alguns esperando por nós e não viam a hora de levar os fragmentos até o portal. Foi então que, enquanto estávamos descendo da aeronave, escutamos um barulho enorme. Todos correram para o esconderijo.

- Vamos descer rápido! A bomba explodiu. Temos pouco tempo até o efeito dela chegar aqui. – Disse Ash, nos puxando.

- E o que vamos fazer, senhor Simon?

- Olha, Jorge, o melhor será irmos com eles. Depois a gente

pensa em como voltar.

Foi uma correria. Alguns desceram pelo elevador, outros pelas escadas e, assim, fomos todos seguindo para o portal. Ele era o dobro do tamanho do que Abadom havia construído e já estava funcionando. Muitos estavam passando. Ash foi até o controle do painel e pediu para um gorila que ali estava que entrasse no portal. Nos aproximamos dele e esperamos que todos entrassem pelo portal. Nara também ficou ali.

- Ash, será possível irmos com vocês e depois voltarmos? – Perguntou o senhor Simon.

- E por que vocês vão querer voltar? Tudo já está sendo destruído em Akmelon e, depois que todos passarem, o portal será destruído. – Falou Ash.

- É que precisamos voltar ao nosso planeta e no nosso tempo, com a máquina que viemos. Nossos familiares nos esperam. – Falei.

- Infelizmente, acredito que, em alguns minutos, Akmelon irá desaparecer e tudo que aqui estiver. Esta bomba acaba com todos os seres vivos. Vamos fazer o seguinte: a gente atravessa o portal e prometo a vocês que darei um jeito de enviar uma nave de Luminiares para Akmelon. – Disse Ash.

- Vamos, pai, só falta a gente agora. Todos já passaram. – Falou Nara, subindo a rampa.

- Vai, Nara! Vocês também podem subir. - Falou Ash, todo preocupado.

De repente, o lugar começou a tremer e algumas pedras

começaram a cair. Tudo começou a balançar.

- Vamos! O efeito da bomba de Abadom está chegando. – Falou Ash, subindo a rampa correndo.

Corremos todos e entramos no portal. A sensação era de estar entrando numa piscina, mas que não molhava. Ao entrarmos, fomos voando por dentro desta luz azul e branca que nos puxava do outro lado. Assim, o vento era forte a velocidade era incrível. Num instante, fomos jogados por cima de um gramado bem macio. Olhei para trás e vi o portal se fechando e mudando a cor de azul para um vermelho intenso. Logo, uma grande labareda de fogo saiu aquecendo o lugar e tudo desapareceu.

- Por pouco a bomba não nos atingiu. – falou Ash, se levantando.

- Bem vindos a Luminiares, a nossa esperança de vida melhor. – Falou um Tekin, com uma roupa dourada e uma coroa na cabeça.

- Obrigado, Rei Lio. – Disse Ash, abraçando este tekin.

- Finalmente, podemos estar juntos novamente, Ash. Creio que vocês estão cansados devido a viagem pelo portal, mas não se preocupem, já estamos preparando um lugar para que possam descansar. Venham comigo.

O lugar parecia um paraíso. Era cheio de flores e plantas. As árvores não eram grandes, mas estavam cheias de frutos. Havia um grande lago bem tranquilo e, logo à frente, uma construção de madeira sendo feita, o que parecia uma casa enorme. Aos lados, várias outras casas de madeira bem feitas e todas bem decoradas. As criaturas estavam felizes, abraçando todos que passaram pelo portal. O céu era meio avermelhado e o sol não era tão forte. Havia duas luas enormes no céu. Uma era meio ovalada e outra menor, mas bem redonda. A gente respirava com muito mais facilidade do que em Akmelon. E, assim, fomos acompanhando aquele homem. Acredito que ele era o rei do lugar, chamado Lio. Entramos numa dessas pequenas casas de madeira. Dentro dessa casa, havia um ser pequeno de braços e pernas bem finos, com uma cabeça grande, olhos bem escuros e uma pequena boca. Parecia um extraterrestre que desenham na terra. Ele nos olhou e, mesmo sem falar, conseguíamos entende-lo, pois nos deu algo para beber, algo que parecia um suco de laranja, com um sabor que nunca senti. Isso nos refrescou, dando a sensação de bem estar. Ouvíamos sua fala como uma força telepática. Sem abrir a boca, entendemos que era pra entrarmos nos quartos. Senhor Simon e Eu ficamos em um quarto pequeno com três camas. Ash e Nara ficaram em outro quarto.

- Olhe como é confortável esta cama, senhor Simon.

- Jorge, que lugar lindo e maravilhoso, nos dá uma sensação de paz.

- É, verdade! E aquele ser extraterrestre?

- Interessante. Não tínhamos visto nada parecido lá em Akmelon. Quem serão eles?

- Não sei. Só quero dormir e descansar um pouco, pois estou com muita dor com as pancadas que levei de Abadom.

- Imagino. Mas você, realmente, é um guerreiro, Jorge. Quando todos te viram enfrentando Abadom, tiveram coragem de lutar. Acho que pensaram: se este mirradinho e magrelo não tem medo de lutar, por que vamos ser covardes?

- Muito obrigado pelo mirrado e magrelo!

- Desculpa, Jorge, mas você teve muita coragem.

- Só sei que quero descansar, pois tá doendo tudo.

- Isso mesmo! Você merece. Bom descanso!

Assim que me deitei na cama, eu apaguei não vi mais nada.

Capítulo 3

Luminiares

Comecei sentir um cheiro agradável de comida. Minha barriga estava roncando de fome. Quando abri os olhos, vi que Nara estava me olhando, segurando uma bandeja com várias frutas que nunca vi e um prato saindo vapor com cheiro agradável.

- Acorda, guerreiro! Estão todos te esperando lá fora. – Falou Nara.

- Estou morrendo de fome. O que tem aí pra comer?

Levantei e o senhor Simon não estava ali, só a Nara, sentada na cama dele.

- Você dormiu muito! Tome esta sopa que não sei do que é feito e coma as frutas. Dizem que vai passar a sua dor e você vai se recuperar. – Disse Nara, levando uma colher em minha boca.

O gosto era fabuloso. Parecia carne assada com batata.

- E o senhor Simon?

- Ele está com o rei Lio, pois quer saber de tudo deste lugar. Como ele é curioso.

- Nem me fale! Só eu sei o quanto ele quer saber das coisas. Agora faz sentido o que o oráculo falou.

- Como assim, Jorge?

- O senhor Simon pediu para o oráculo que passasse todo o

conhecimento para ele, mas o oráculo disse que não poderia fazer, pois a nossa mente não era tão evoluída e poderia causar algum dano. Na realidade, ele temia que o senhor Simon descobrisse a sua traição.

- Ai, nem me fale naquele velho! Que raiva! Só de saber que traiu todo mundo, servindo o Abadom... Mas agora estamos em paz, Jorge, então coma tudo que eu vou lá fora avisar a todos que você acordou.

Depois de comer, fui para o lado de fora e vi muitas pessoas sentadas ao redor do senhor Simon e do Ash. Acredito que deviam estar contando a história de tudo como aconteceu. O rei Lio estava sentado em uma cadeira toda florida e com enfeites que pareciam ouro. Ele, então, se levantou e acenou para que me aproximasse.

- Pessoal, este aqui é o Jorge! Foi ele quem cortou o dedo de Abadom. - Falou o rei Lio.

Todos ficaram de pé e me aplaudiram. Nara levantou uma espécie de caixa de vidro, contendo o dedo de Abadom e o anel.

- Esta caixa, contendo o dedo e o anel, estará em segurança dentro do palácio. Não queremos que tudo venha ser destruído novamente. Este anel foi capaz de mudar Abadom e destruir Akmelon, mas aqui estaremos seguros. Guardarei com minha própria vida e não permitirei que isto caia em mãos erradas. - falou o rei Lio, pegando a caixa de Nara e levantando ao alto.

Neste momento, houve músicas e todos começaram a dançar e cantar uma música que dizia:

A vitória é nossa graças ao Escolhido,

Viveremos em paz sem tristeza ou conflito,

Nenhum poder será maior que Iaven,

Ele é e sempre será o nosso Rei.

O Escolhido era inferior,

Mas Iaven o tornou superior,

Com golpe certeiro o derrubou,

Assim Iaven novamente Reinou.

- Jorge, você sempre será lembrado por nosso povo como alguém que, mesmo sendo pequeno, teve a coragem que muitos grandes não tiveram. - Disse rei Lio, me abraçando.

- Obrigado, mas só conseguimos porque todos se juntaram e guerrearam. - falei.

- É verdade, Jorge, mas só fizeram isso quando viram que você enfrentou Abadom. - Falou Ash, saindo pra dançar com Nara.

Os dois com aquela cauda. Era muito estranho. Nara chegou a derrubar um daqueles seres pequenos e cabeçudos, mas pediu desculpas e ele saiu rindo. Então, todos mantinham certa distância deles naquele gramado.

- Creio que aqui teremos paz. Perdemos muitos dos nossos, mas eles serão lembrados naquela pedra que ficará bem de frente ao palácio! - rei Lio disse, apontando pra uma coluna de pedra que estava próximo a grande casa sendo construída.

- É, ficará muito bom. Será um grande memorial! - Falou o senhor Simon.

- Aproveitem a festa que é pra vocês, pois logo estaremos todos reunidos para falar com Iaven. - O rei Lio disse isso, estendendo a mão para uma mulher muito bonita que estava ao seu lado e os dois foram dançar juntos com o povo.

- É a esposa dele, Senhor Simon? - perguntei.

- Sim, Jorge, ele me disse que casaram faz pouco tempo, logo que chegou aqui. Isso foi na primeira turma que veio de Akmelon.

- Pelo jeito, o senhor já conseguiu tirar toda a informação deste lugar.

- Claro, Jorge, precisamos saber antes de voltarmos.

- Por falar em voltar, senhor Simon, já tem ideia de como vamos fazer isso?

- Enquanto você dormia, Ash e eu conversamos com os Engads, aqueles seres meio verdes com cabeça grande.

- Aqueles que parecem extraterrestres? No nosso planeta, existem pessoas que já viram estes seres, e dizem que vieram em naves.

- Acredito, Jorge, que eles irão nos visitar no futuro e tudo por causa desse anel.

- Como assim, senhor Simon?

- Os Engads já viviam neste planeta, quando o povo de Akmelon aqui chegou. Como os Engads são pacíficos, não tiveram dificuldades em conviverem juntos. Eles têm uma sabedoria incrível. Pode notar que quase não abrem a boca. Utilizam a mente para conversar. E, conversando com o líder deles, nos mostraram uma nave capaz de atravessar o espaço em pouco tempo, mas ainda não puseram em teste, então poderemos utilizá-la pra voltar. Acredito que no futuro eles estarão mais avançados e poderão ir à Terra em busca do anel que a gente sabe que se tornará o cetro. Acho que vão tentar impedir que alguém o possua e tenha o domínio. Sabemos que será tudo em vão, pois é necessário que o Apocalipse se cumpra, e o anticristo estará com essa pedra.

- Entendi. Lembro-me que dentro daquele templo de Salomão estava escrito que a pedra foi enviada à Terra, para não haver a destruição do planeta deles, no caso, é Luminiares. Então, provavelmente, por causa da sabedoria que possuem, serão eles os guardiões da pedra.

- Isto mesmo, Jorge, só nós sabemos que um dia alguém aqui vai conseguir pegar o anel e vai criar um reboliço neste planeta.

- Eu não quero estar aqui quando isto acontecer, por favor. Que horas vamos partir?

- O líder dos Engads disse que assim que anoitecer, poderemos ir.

- E demora muito pra anoitecer neste lugar?

- Calma, Jorge, ainda temos tempo para conhecer o lugar e descobrir coisas novas, pois estamos em outro planeta fora da nossa galáxia.

- É disso que tenho mais medo. Já pensou se não conseguimos voltar?

- Vamos conseguir, Jorge, fica tranquilo!

Nessa hora, a música parou e cada um foi seguindo para uma estrada, toda feita de grama e repleta de pequenas flores amarelas e roxas nas laterais, bem pequenas e bem diferente do que já vi. Então, o rei Lio se aproximou de Ash e disse:

- Bem, amigos, está na hora de irmos até o grande lago verde, pois hoje é o encontro das duas luas. - Ele disse isso, apontando para as luas que estavam no céu. Elas estavam bem próximas uma da outra.

- Haverá um eclipse das luas? - Perguntei.

- Sim, Jorge, e isso acontece a cada cinquenta dias. É nesse tempo que o grande Iaven aparece e fala conosco. Assim, hoje será um dia mais que especial, pois a cada um ciclo de sete tempos, o grande Iaven escolhe duas pessoas para passar a sabedoria e depois esses escolhidos ensinam ao povo. - Falou o rei Lio, todo empolgado.

- Mas, antes de vocês chegarem aqui, neste planeta, os engads sabiam de Iaven? - Perguntou o senhor Simon, acompanhando o rei Lio pelo caminho.

- Veja que interessante, Simon, os engads sempre cultuaram o Iaven, mas o chamavam de Libertador, pois segundo eles, Iaven foi quem os ensinou a se livrarem de um grande monstro que havia neste planeta. Ele destruía tudo que faziam, matava e roubava o que tinham. Eles nos disseram que Iaven deu-lhes a sabedoria para lutar e acabar com a tirania deste monstro que chamavam de Drago. Segundo eles, isso foi há muito tempo. Desde então, passaram a adorar Iaven nesse lugar que estamos indo. Um dia, Iaven falou sobre a nossa chegada e pediu que nos recebessem e nos trouxesse ao Lago verde.

- Interessante! Fico admirado de como Iaven preparou tudo aqui.

- Disse o senhor Simon, com um rosto de curioso.

- E como é este Iaven? - Perguntei, pois estava logo atrás do senhor Simon e do rei Lio.

- Vocês poderão vê-lo como ele é, pois ele sairá do rochedo e falará com todo o povo. Depois, escolherá os dois novos oráculos. - Falou o rei Lio.

- Eu estou super nervoso, pois nunca o vi. Sempre ouvi falar dele desde pequeno e ensinei Nara. - Disse Ash, todo empolgado, logo atrás de nós.

- E cadê a Nara? - Perguntei.

- Ela se juntou ao grupo logo ali à frente, pois está ansiosa em ver Iaven.

Percebi que, logo à frente de nós, havia um grupo de seres como Ash, engads, como gorilas e outras raças. Todos estavam vestidos de branco e seguiam murmurando uma canção que não dava pra ouvir direito.

- Quem são esses, Ash? - Perguntei

- Esses são os que desejam ser escolhidos. Eles se prepararam durante dez luas, ficam longe de todo o povo e agora se preparam para a o encontro com Iaven.

- Eles é que poderão ser os novos oráculos? - Perguntou o senhor Simon.

- Sim, Simon, o oráculo poderá exercer a função por sete períodos, orientando o povo e resolvendo os problemas de justiça. Depois deste tempo, estarão a serviço do rei e quem sabe, um dia, poderão assumir o trono, mas só se Iaven assim quiser. - Falou o rei Lio, todo orgulhoso.

- Então aconteceu assim com você? - Perguntou o senhor Simon.

- Na realidade, os engads já tinham um rei quando chegamos aqui e simplesmente ficamos submisso a ele. Porém, já havia muito tempo que reinava, já estava enfraquecido e bem idoso. Ele tinha sido um dos grandes lutadores contra o Drago. Assim, quando houve a junção das luas tempos atrás, Iaven o chamou e ele andou sobre o lago verde, como se pisasse ao chão e entrou para dentro da caverna. Iaven disse a todos que o grande herói precisava descansar e ele o levaria ao descanso eterno e, agora, o novo rei seria eu.

- E como foi a receptividade dos engads? - Perguntou o senhor Simon.

- Os engads aceitaram, sem problemas. Eles possuem uma carisma incrível e todo nosso povo ficou feliz.

- Que histórias incríveis estamos aprendendo hoje. Você não acha, Jorge?

- Sim, senhor Simon, mas se hoje é dia de escolher os novos oráculos, onde estão os outros dois que já são oráculos?

- Um foi enviado até Akmelon, o que traiu a nossa confiança. - Falou Ash entristecido.

- Nem todos conseguem servir com integridade a Iaven, pois

temos a liberdade de escolha. Não se entristeça, Ash, por ter sido enganado. Dói mais em mim do que você imagina. Aqui, com Iaven cuidando de tudo, temos paz e podemos confiar uns nos outros. - Falou o rei Lio.

- Mas e o outro oráculo? - Perguntei.

- O outro estará no lago verde e dará início ao culto de Iaven. Ele mora e recebe as pessoas naquela casa ali. - Apontou o rei Lio para uma pequena casa de madeira, bem longe. Ficava próximo de alguns rochedos e havia algumas árvores ao redor.

- Logo vamos conhecê-lo, Jorge. - Disse Ash.

Andamos mais alguns metros e passamos por um portal de pedra, cheio de vegetação e cores diferentes. Descemos alguns degraus e, logo abaixo, havia uma formação rochosa bem grande, um pequeno lago verde e, do outro lado, uma caverna iluminada com uma luz azul. Para chegar nessa caverna, só era possível atravessando o lago. O lugar estava cheio de seres de todas as espécies que estavam divididos em grupos de raças. O maior grupo era o dos engads. Eles estavam ao lado direito do lago. O grupo do Ash era o menor, não haviam muitos.

Em volta das pedras e sobre as árvores haviam muitos animais estranhos. Alguns pareciam lagartos com cara de pássaros, outros eram pequenas bolas de pelo que se movimentavam rolando pelo chão. Não dava pra ver se possuíam olhos ou boca. Alguns pareciam veados, mas tinham asas grandes e eram meio amarelados, outros, não dava pra verificar como eram, pois se esconderam por detrás das árvores. Acredito que temiam se aproximar. Consegui visualizar algo parecido com um urso de cor marrom claro, mas, quando percebeu que eu estava olhando, se escondeu por detrás de uma rocha.

- Venham! Vocês são Tekins e têm que ficar conosco. - Disse o rei Lio, indo ao encontro dos Tekins que só perdiam em números para os engads.

Era possível ouvir o som de um instrumento gigantesco, todo feito de metal brilhoso que possuía muitas curvas e alguns furos para tocar. Ele se encontrava na lateral esquerda do lago e era tocado por um ser semelhante uma mulher, com corpo de cabra. O som desse instrumento parecia com o de uma trompa, mas tinha um eco ao fundo, dando uma ressonância sonora. Era possível sentir a vibração mesmo bem distante. Ao som desse instrumento, o lago se mexeu, formando pequenas ondas e alguns animais na floresta imitaram o som. Depois desse toque, todos se assentaram no chão e um ser com uma cabeça semelhante a de peixe se levantou e se direcionou bem na frente do lago. Acredito que devia ser o oráculo, subindo numa pedra que tinha um formato de púlpito. Começou a falar:

- Mais uma vez, neste dia, onde as duas luas se encontram, nos reunimos para cultuar o grande Iaven, o nosso Deus e Senhor. Sem ele, nada seríamos e, nem sequer, existiríamos. Foi graças a ele que podemos hoje estar neste mundo, libertos de qualquer tirania.

Nesse momento, todos bateram palmas e, novamente, foi tocado o instrumento. Algumas nuvens começaram a se movimentar no céu. Acima da caverna, dava pra ver as duas luas terminando de se posicionar: a maior atrás e a menor na frente. Era possível ver a sombra da pequena sobre a grande, muito bonito de ver. As nuvens estavam como que se juntando e rodando em círculo bem acima da caverna, então o oráculo falou:

- Agora é a hora, por favor recebam o grande Iaven!

Nessa hora, o som do instrumento foi bem mais forte. Parece que tremeu o lugar. Escutamos como que um trovão e a água do lago começou a formar pequenas ondas, chegando a molhar alguns que estavam mais próximos. Todos curvaram a cabeça, olhando para o chão. O oráculo se retirou para o lado com a cabeça baixa e o instrumento parou de tocar. O senhor Simon e eu éramos os únicos de cabeça levantada, então, o rei Lio pediu que abaixássemos também. Houve um silêncio incrível naquele lugar e só foi quebrado com a voz de alguém que me parecia conhecida, dizendo:

- Que a paz e a alegria estejam com todos!

Todos levantaram a cabeça e gritaram: paz e alegria, só temos por Iaven. Quando olhei, vi que de frente com a caverna havia um ser semelhante a um homem vestido de roupas bem claras, a cabeça era como de um leão e seus cabelos desciam até o ombro, suas mãos eram como de um homem, mas possuíam pelos da cor do cabelo que era bem vermelho, parecia até resplandecer, conforme batia a luz sobre ele.

- Que bom poder estar com vocês! Agora que estão juntos, os engads e todos da terra de Akmelon formarão um só povo. Isso realmente é lindo, como amo vocês. Sei que os que chegaram faz pouco tempo ainda não me conheciam. Sou Iaven e conheço a todos desde quando ainda estavam sendo gerados.

Ele veio andando sobre as águas verdes, sem afundar. Era incrível ver aquilo. Ele se aproximou de onde estava o grupo do Ash e pediu para Nara se levantar.

- Nara, quanto tempo esperou pra me conhecer. Venha! Me dê um abraço!

Nara abraçou Iaven bem apertado. Todos se emocionaram e gritaram: grande Iaven!

- Você, Nara, é uma grande guerreira. Sua mãe está orgulhosa de você. Ela está em meu mundo, aguardando por vocês. E você, Ash, mesmo que decepcionado, continuou lutando, acreditando na vitória contra Abadom. A todos que lutaram para alcançar a paz, vocês são vitoriosos e tem o direito de estar neste mundo.

E assim foi passando por todos os grupos elogiando, orientando, e falando com alguns. O lugar parecia estar bem alegre, podíamos sentir a sensação de bem estar. Quando chegou nos engads, ele se ajoelhou e abraçou cada um. Antes de vir onde estávamos, ele se retirou para as rochas e todos os animais se aproximaram e curvaram suas cabeças. Ele os tocava como agradando a cada um e disse:

- Animais maravilhosos, vocês são o complemento perfeito deste planeta. Cuidam de tudo, deixando cada coisa em seu lugar. Saibam que a harmonia de vocês sustentam a paz e a tranquilidade. Permaneçam assim e façam a vontade de meu pai.

Alguns pequenos pássaros pousaram sobre seus ombros e o acariciaram o rosto. O que parecia um urso verde veio bem devagar e se aproximou. Iaven se agachou passou a mão sobre a sua cabeça e disse:

- Eu sei que você perdeu sua companheira, mas não pense que só sobrou você. Suba para as montanhas do Norte e lá encontrará seus amigos.

O urso então se virou e correu para dentro da mata. Sua velocidade era incrível. Acho que não via a hora de encontrar o seus amigos. Iaven veio ao encontro do grupo dos Tekins e começou a falar com cada um. Todos ficavam felizes de estar com ele. O rei Lio o abraçou e chorou. Acredito que foi o primeiro a chorar naquele lugar.

- Não se entristeça rei Lio, seu pai fez a escolha dele. Ele acreditou mais no que via do que na profecia. Foi uma presa fácil para Abadom. Seja forte e mostre a este povo que me seguir é a melhor escolha, mesmo que tudo pareça contrário. Acredito em você, rei Lio.

Iaven se aproximou de mim e do senhor Simon.

- Jorge e Simon, os viajantes do tempo e espaço. Conhecedores dos mistérios ocultos da humanidade. Humanidade esta que se afunda em seu próprio ego e busca somente seus interesses, criando barreiras individualistas, preconceituosas e se acham os mais inteligentes dos universos.

Nunca ouvi alguém resumir em poucas palavras sobre a nossa humanidade.

- Jorge, Jorge, não me reconhece?

- A gente já se conhece?

- Jorge, não está vendo? É Ele! - Disse o senhor Simon, indo abraçá-lo.

- Quanto tempo, Simon. Está gostando de conhecer tudo aqui?

- É claro, Senhor, sei que tudo é permissão tua. Obrigado pela oportunidade.

- De nada, Simon, isso ainda é apenas uma pequena porção de tudo. Um dia, essas coisas serão esclarecidas e saberão mais.

Estou te dando apenas um gostinho. No grande dia, você poderá participar do meu banquete de sabedoria.

- Ó, Senhor, não vejo a hora de um dia lá chegar.

- Em breve, Simon. E aí, Jorge, ainda assustado?

- Senhor, me perdoa, pois, assim todo peludo, nunca o tinha imaginado.

- Não gostou do meu visual? Achava que eu deveria vir como um tekin?

- Pra mim seria mais fácil de te reconhecer.

- Eu sei, Jorge, mas já imaginou se eu viesse como um tekin? O que seria dos engads, dos Lássios, dos Dákios e os Frecans? Pensariam que os Tekins seriam a melhor raça e eles, uma inferior. Por causa disso, vim neste formato que é bem bonito e diferente de qualquer raça criada.

- Entendi! Na Terra, alguns já acham que o Senhor é loiro e de olhos azuis.

- Os homens na terra ainda não aprenderam a ser humildes e não reconhecem que todos são iguais. Infelizmente, lá, só por causa de cor, tamanho, estética ou beleza, já é motivo de criar separações ou até guerra. Imagine se me vissem assim?

- Tem razão. Somos muito mesquinhos e ignorantes.

- Se um dia, Jorge, você contar o que viu e o que já presenciou, poderá ser internado como louco. Eles gostam de se sentirem únicos. O diferente pra eles é errado. Mas, um dia tudo isto acabará e serão todos sem preconceitos, egoísmos, superioridades. Todos serão um como Eu, o Espírito e o Pai também somos.

- Eu acredito, Senhor!

- Você foi corajoso, Jorge, enfrentando Abadom!

- Olha, eu agora sei como é ser o "ESCOLHIDO". Nunca enfrentei algo terrível. Se possível, dá pra não me escolher mais?

- Já te falei e volto a repetir: amo seu senso de humor, Jorge.

- Estou falando sério. Toda vez que me escolhe, tudo fica difícil e a gente acaba morrendo de medo.

- Lembre-se que o final sempre é melhor que o começo, Jorge. E, só assim, você consegue perceber do que é capaz. De outra forma, nunca saberia. Às vezes, deixo alguns passarem por provas e lutas. Isso não é para provar se vão passar ou não, pois eu já sei o que vai acontecer. Porém, permito para que eles saibam que são capazes de terem coragem e força pra enfrentarem tudo. Eu te escolhi, porque amo você e vou te escolher mais uma vez.

- Está certo, Senhor, vou fazer o que for necessário, mas não garanto ficar sem reclamar!

- Gosto da tua sinceridade. Mas, como vai ser? Vai me dar um abraço, ou não?

- É claro, Senhor!

Abracei e senti um alívio. Uma paz tomou conta de mim. Que alegria abraçá-lo. Ele, então, foi para cima daquele púlpito de pedra e disse:

- Chegou a hora da escolha dos dois novos oráculos que serão aceitos e preparados para cumprirem o seu compromisso pelo tempo determinado. Estão prontos?

Todos se assentaram novamente no chão. O oráculo e o rei Lio se aproximaram Dele e ficaram ao seu lado. Novamente, o instrumento foi tocado.

- Quero chamar aqui o primeiro oráculo que será o Jovem Jorge!

Nesta hora, ouvi o som de todos dizerem: ohhh! E olharam pra mim. Fiquei sem saber o que fazer. Foi então que o Rei Lio me pegou pelo braço e me levou até o lado do púlpito de pedra.

- O outro oráculo será uma jovem de muita coragem que é a Nara.

Novamente, todos ficaram admirados com a escolha, e começaram a bater as palmas. O oráculo foi buscá-la e a colocou ao meu lado.

- Jorge, nós fomos escolhidos! Nem acredito! Ser um oráculo é algo fantástico!

- É, fico feliz por você... - Antes que eu continuasse a falar, Iaven colocou a mão sobre meu ombro e deu uma piscada com o olho. Foi então que entendi que era pra eu não reclamar de ser escolhido.

Nessa hora, um ser, semelhante a um gorila, se levantou e começou a reclamar:

- Como pode ser assim? A gente ficou todo esse tempo separado, consagrando e abstendo de tanta coisa pra nada? Não posso concordar com isso! Ainda por cima, escolher uma fêmea? O branquelo e magrelo, a gente até entende, pois derrotou Abadom. Mas ela? Iaven você está muito enganado.

Nessa hora, alguns tentaram acalmá-lo, mas ele saiu empurrando todo mundo e foi seguido por uma boa parte dos que estavam ali.

- Às vezes, a escolha que faço não é bem compreendida por todos, mas acreditem que é a melhor.

Todos se levantaram e, batendo as palmas, gritaram: Iaven separa os seus escolhidos, ele sabe o que faz! Houve mais um toque do instrumento e, então, Iaven segurou a minha mão e a da Nara. Assim fomos caminhando sobre as águas junto a Ele. Pisávamos nas águas, mas elas pareciam firmes e não afundávamos.

- Vocês irão comigo e lhes darei entendimento sobre muitas coisas. Assim, poderão ajudar muitas pessoas.

- Iaven, eu não quero ficar aqui neste planeta.

- Sim, Jorge, mas na Terra não existem pessoas pra ajudar?

- Tem, mas o que vou fazer?

- O que faço agora, você pode não entender, mas saberá em breve.

- Isso que me dá medo, não saber o que é.

- Tudo é para o bem, Jorge! Disse Nara, me olhando com alegria.

Fomos entrando dentro da caverna. O lugar era fresco e possuía um aroma de flores do campo. Iaven ia a nossa frente. Nara segurou a minha mão. De repente, uma luz bem forte tomou conta daquela caverna e quando vimos, estávamos num lugar bem diferente. O piso era branco. As paredes eram brancas de todos os lados. No teto, haviam várias bolas de cores azuladas, escuras e outras meio, avermelhadas. Todas estavam flutuando, sem se movimentar. Eram muitas e pareciam estar interligadas por pequenos tubos transparentes que mudavam de forma. Eram muito bonitas e dentro delas pareciam haver outras pequenas bolas menores, impossíveis de contar de tão pequeninas. Iaven parou, ficou nos olhando e falou:

- Gostam do que estão vendo?

- Sim, Senhor, nunca tinha visto algo igual em toda minha vida.
- Disse Nara admirada.

- O que são essas bolas? O que fazem? - Perguntei.

- Venham aqui e fiquem ao meu lado, vou mostrar pra vocês.

Assim, fiquei ao lado esquerdo de Iaven e Nara ao lado direito. Ele apontou para uma daquelas bolas escuras e ela se aproximou. Agora, ela era bem maior. Ele fez, então, um sinal com as mãos, como se fosse abri-la, mas sem tocá-la, e ela se expandiu mais ainda, tomando quase que o tamanho de toda a sala. Quando vimos, estávamos dentro dela. Podíamos ver várias luzes, de vários tamanhos, e pequenas bolas como se fossem planetas.

- Muito bem! Este é o universo onde vocês estão. Vou mostrar o planeta Luminiares.

Tudo parecia se expandir, e nós estávamos como que flutuando em pé, ao lado de Iaven. Logo, podíamos distinguir o planeta Luminiares, com o seu sol um pouco avermelhado e suas duas luas. Pareciam pequenas miniaturas. Em volta, pelo espaço sideral, era tudo negro.

- Aqui está o planeta. Agora, olhem em volta. Percebam quantos planetas, quantas estrelas, nebulosas, buracos negros. Tudo aqui não é lindo?

- Sim, Iaven! Estamos dentro de uma daquelas bolas da sala? E, em cada uma existe um universo assim?

- É, Jorge, cada bola daquela sala é um universo. Cada um com seus sistemas, funcionamentos e, ainda, bem diferentes uns dos outros. Todos possuem suas civilizações, suas criaturas, seres, pois, em mim, tudo foi criado. Tudo que há nos céus e nos universos, as coisas visíveis e as invisíveis, tronos ou soberanias, poderes ou autoridades, tudo, foi criado por mim e para mim. Lembre-se que: Eu sou, antes de todas estas coisas, e tudo subsiste por mim. Quero que aprendam que sou a cabeça do corpo, sou o princípio e o primogênito dentre os mortos, para que em tudo tenha a supremacia. Pois, foi do agrado do meu Pai que toda a plenitude que em mim habitasse conseguisse reconciliar-se comigo. Todas as coisas, tanto as que estão na Terra, como em Luminiares e outros planetas, tudo, também, que está no céu, estabelece a paz pelo meu sangue.

Nessa hora, um grande amor nos invadiu. Senti o seu braço sobre mim e vi Nara agarrada na cintura de Iaven, chorando de emoção.

- Amo cada um de vocês. Ah, se todos soubessem o quanto os amo, todos os meus filhos. Mas, vocês tem a oportunidade de escolha, e nada deve ser obrigatório, tudo deve ser feito com amor. Nunca deixem ninguém tirar a liberdade que vocês encontraram em mim. Veja, Jorge, o planeta Terra.

Olhei e comecei a ver o planeta. Era um azul maravilhoso. Vi suas nuvens, terras, águas e tudo que existe. Podia ouvir uma música linda vinda do planeta.

- Estão ouvindo as canções que me louvam? Escuto cada uma delas, até aquelas que são entoadas em pensamentos. Tenho muitos espalhados por todos os universos.

Continuei olhando e comecei ouvir barulho de explosões, gritos, desespero, tristezas, angústias e gemidos.

- Ainda existem muitos que precisam de paz e amor, Jorge. Preciso que leve a minha verdade a eles.

- Mas sou apenas um, Senhor!

- Eu sei, Jorge. Não te peço o impossível, mas o que está a sua mão. Tenho outros como você por todo o planeta, fazendo a diferença e mostrando o grande amor. Cada dia que passa, o amor nos corações dos homens se esfria, os tornando maus e egoístas. Preciso que abram os olhos deles. Mesmo que não queiram te ouvir, ajude, proporcione a paz. E você, Nara, é uma escolhida para mostrar a verdade ao seu mundo.

Aos poucos, fomos voltando e estávamos dentro da sala novamente. As bolas estavam em seus lugares, do jeito que era antes.

- Olhem! Vejam a quantidade de universos. Quero que saibam que, por mais insignificantes que se sintam diante de tudo isso, sempre se lembrem que amo cada um de meus filhos. No seu planeta, Jorge, alguns se acham únicos no universo e são como filhos mimados, pensando que devo fazer tudo o que querem. Mal sabem que não são os únicos. Como pode ver, Jorge, você conheceu um pequeno pedaço do que existe: a Nara e os outros. Agora, imagine se você fosse conhecer cada um destes universos.

- Senhor, eu vejo que estou longe de qualquer conhecimento, só o pouco que sei, me deixa extasiado.

- O importante é que chegará o dia, Jorge, em que saberá sobre todos estes universos e precisarei da ajuda de vocês para continuar o funcionamento de cada um deles. Estou preparando as pessoas em todo seu universo para uma grande tarefa e poucos sabem disso. Quero que os ajude a entender essa verdade.

- Já me chamam de louco por coisas simples, imaginem se souberem disto! Serei chamado de: "O super louco".

- Jorge, como você sabe ser bem humorado! Quem dera todos os pregadores e ensinadores tivessem o seu humor. Eles poderiam ganhar multidões. Mas, vivem fechados. Se todos enfrentassem seus problemas com alegria, poderiam ter uma vida sem doenças. Cada tristeza, rancor e falta de perdão criam enfermidades das mais terríveis.

Nessa hora, tudo desapareceu de diante de nossos olhos e uma mesa pequena surgiu. Em cima dela, havia dois rolos que pareciam pergaminhos.

- Muito bem! Quero que peguem aqueles rolos e comam!

- É pra comer? Achei que era pra ler.

- Comendo, vocês estarão adquirindo o que é necessário para fazer a obra que tenho preparado.

Nara e eu pegamos os rolos. Cada um tinha algumas inscrições iguais às que tínhamos visto na terra de Akmelon. Então, colocamos na boca e começamos a comer. A Nara, num só bocado, colocou tudo na boca. Já eu, tive que comer em duas partes. O sabor era delicioso. Era bem adocicado, parecendo mel, Se tivesse mais rolos daquele, acredito que comeria sem parar. Uma delícia.

- Fiquem em paz e anunciem a minha verdade!

Iaven disse isso e uma forte luz invadiu toda a sala, deixando a gente sem enxergar nada. De repente, percebemos que estávamos dentro da caverna.

- Nossa, Jorge, que coisa linda o que vi. Iaven nos mostrou todo o meu planeta e o que vai acontecer, e, ainda, como posso ajudar para que alguns para que não venham se perder da crença e da verdade. Ver todos os universos foi lindo. E que rolo delicioso.

- Incrível! Enquanto você via o que acontecia no seu planeta, Ele me mostrou o meu e também o que devo fazer. É verdade, nunca comi algo tão delicioso.

- Vamos sair daqui e voltar, pois eles devem estar nos esperando.

- Tem razão, Nara, vamos sair.

Saímos da caverna e estava escuro. Podíamos ver as estrelas no céu. Não havia mais ninguém esperando por nós.

- E agora, como vamos atravessar o lago? A gente andou por cima da água com o Iaven. Será possível voltarmos do mesmo jeito, Nara?

- Acho que sim!

Nara foi tentar andar por cima da água e, quando deu o primeiro passo, caiu dentro do lago. Foi tanta água que me molhei inteiro. Comecei a rir e não me aguentava. Nara, então, riu e me disse:

- Não deu certo, Jorge. É melhor irmos nadando. O pior é que esta água está fria.

Dei um salto e mergulhei no lago. Realmente, estava muito fria. Fomos nadando até a outra margem. Ao sairmos, vimos o oráculo sentado, dormindo, encostado numa árvore. Ao ouvir nosso barulho, despertou.

- Gente, me desculpe. Peguei no sono. Não precisavam ter nadado. Se tivessem me chamado, eu colocaria a plataforma para andarem sobre ela, pois esta água é muito fria.

- Não brinca! A gente nem percebeu! - Falei.

Começamos a rir e o oráculo ficou sem entender nada.

- Vamos para minha casa, lá vocês podem se aquecer e comer alguma coisa.

- Não posso, pois o senhor Simon me disse que os engads estão preparando o nosso retorno para Akmelon.

- Sim, eu sei, mas acontece que ainda não terminaram os testes. Deixaram pra acontecer amanhã.

- Vocês vão voltar, Jorge?

- Sim, Nara, precisamos voltar ao nosso planeta, pois temos família por lá.

- Você é casado e tem filhos?

- Não, Nara, tenho uma linda namorada. Quer ver a foto dela? Sempre carrego em minha carteira.

Tirei a foto e mostrei para a Nara. O oráculo também se aproximou pra ver e iluminar, pois a vara de madeira que carregava na sua mão, possuía uma luz azul.

- Pela graça de Iaven! Como você conseguiu prendê-la aí dentro? Ela deve estar sofrendo nesta coisinha pequena. - Falou o oráculo, olhando bravo pra mim.

- Não! Isto é apenas uma imagem que fazemos por meio de uma máquina fotográfica.

- E dá pra fazer imagem de qualquer coisa?

- Sim, Nara, essa máquina foi criada justamente para guardamos as coisas boas que passamos. Aí, fica de recordação.

- É como se congelasse o tempo e não alterasse mais!

- Isto mesmo! E guardamos com a gente, Nara.

- Você tem como me arrumar uma máquina dessa, Jorge?

- Até poderia, Nara, mas não sei como fazer isso.

- Deixem as coisas acontecerem. Quem sabe, um dia, isso será possível!

- É verdade, oráculo, a gente achava impossível vencer Abadom e conseguimos. Chegamos até aqui. - Disse Nara.

- Então, o dia que eu conseguir, te envio a máquina fotográfica, Nara.

- Vou ficar muito feliz! Pode guardar a sua foto. Essa moça tem muita sorte de ter você como namorado.

- Acho que é o contrário, Nara, eu é que tenho sorte de tê-la como namorada. Ela sempre foi minha amiga e sempre esteve junto comigo.

- Meu pai sempre diz que se você quer ter alguém para o resto de sua vida com você, a melhor opção é que seja seu melhor amigo, pois sempre terão o que conversar.

- É verdade, Nara.

- E quero dizer, Jorge, que você, hoje, é meu melhor amigo.

- Obrigado, Nara. Eu também te considero uma grande amiga.

Nessa hora, ela segurou a minha mão e disse:

- Se acaso você quiser ficar neste planeta, quero que saiba, Jorge, que eu...

No mesmo instante, oráculo disse:

- Bem, chegamos à minha casa. É confortável e bem quente.

Era uma pequena casa de madeira, bem iluminada. Havia uma lareira com lenha e fogo, onde foi possível nos esquentar e secarmos. Comemos um lanche fabuloso, com sabores variados. Nem sei o que era tudo aquilo, mas era muito bom. Assim, após a refeição, ele preparou, como se fosse uma esteira, pra gente deitar. Era bem macia. Parecia um colchão.

- Se acaso precisarem de alguma coisa, me chamem. Estarei naquele quarto. – Disse o oráculo, apontando para uma pequena porta de madeira.

- Sim! Não se preocupe, estamos bem. – disse Nara

- Ok. Tenham uma boa noite.

Ele saiu e entrou em seu quarto. Me virei para Nara que estava deitada próxima a lareira e perguntei:

- O que você ia me dizer lá fora, antes de entrarmos?

- Nada, Jorge, estou muito feliz de ser uma escolhida! Boa noite!

- Boa noite, Nara!

Ao amanhecer, fomos acordados pelo Ash e o senhor Simon. Os dois estavam curiosos para saber o que aconteceu conosco e com Iaven. A Nara foi a primeira a contar e os dois ficaram admirados sobre o que vimos e aprendemos.

- Bem, Ash, a partir de hoje, Nara será um oráculo. Ela terá que ficar próximo do rei Lio, será sua orientadora. Cuidará de toda a parte religiosa.

- Sim, já estou sabendo. O rei Lio já havia me falado. E quanto a você, oráculo?

- Estarei sempre aqui. O que Nara precisar, poderá me consultar.

- Muito obrigada, oráculo, você é muito bacana. Darei o meu melhor para servir a Iaven.

- Eu sei, Nara. Por isso, a partir de hoje, você vai ficar com a vara da mensagem. Pode assumi-la! Agora é sua.

O oráculo passou aquela vara para Nara. Ela tinha uma luz azul e repararei que estava toda escrita em seu entorno, como se fosse esculpida. Nara começou a chorar e Ash abraçou-a.

- Sua mãe deve estar orgulhosa, pois acredito que Iaven contou que você foi escolhida.

- Sim, pai, ela salvou a minha vida e hoje posso ser uma escolhida.

- E você, meu jovem, quero que fique com isto aqui. Se lembre sempre que é um escolhido.

O oráculo me passou um pequeno pedaço de madeira, como a vara, só que bem pequena. Parecia uma caneta e também tinha uma pequena luz azul com algumas inscrições, impossíveis de ler.

- Muito obrigado, oráculo, não sei como agradecer.

- Se um dia você voltar, tem como me trazer uma daquelas máquinas que prometeu pra Nara? Quero poder guardar o tempo dentro daqueles quadradinhos. Como é o nome mesmo?

- É foto, seu Oráculo. E, claro, se voltarmos um dia, irei trazer.

- Que máquina, Jorge? - Perguntou o senhor Simon.

- Uma máquina fotográfica. Não diga que é impossível, pois estarmos aqui já é impossível.

- Tem razão, Jorge.

- Bem, precisamos ir ao encontro do rei Lio e verificarmos se a nave está pronta. - Falou Ash, já saindo pela porta.

Seguimos em direção ao palácio que estava em construção. O

dia estava bem claro. O lugar tinha um cheiro delicioso de plantas. Uma brisa fresca batia em nosso rosto. Era lindo e bem tranquilo.

- O que aconteceu com o pessoal que ficou revoltado por termos sido escolhidos? - Perguntou Nara ao Ash.

- O rei Lio os chamou para uma conversa. Parece que conseguiu acalmar os ânimos deles.

- Será que não vão criar problemas?

- Não sei dizer, Nara, mas não se preocupe com eles, pois agora você é a escolhida e é o que importa.

Capítulo 4

Viagem na Cápsula

Chegamos próximo ao palácio e o rei Lio estava junto a sua esposa, sentado num trono todo esculpido em madeira e coberto de flores. Havia várias pessoas a sua volta e quando nos aproximamos, deram espaço para passarmos.

- Finalmente, a escolhida está de volta. Sei que precisamos e temos muito que conversar, mas os Engads me disseram que está pronta a nave de vocês e precisamos ir até lá.

O rei Lio deu sinal a um jovem que estava próximo e ele se retirou. Logo depois, ele apareceu trazendo um grande carro de madeira com seis rodas, puxado por alguns animais que tinham o corpo de avestruz, a cabeça e o pescoço de um gato, não possuía penas, era todo cheio de pelos, possuía adornos e enfeites de ouro. Do lado de fora, havia outro rapaz que guiava esse carro. Entramos no veículo e o rei Lio tinha um lugar especial. O carro era bem trabalhado e confortável, quase nem dava pra perceber que era puxado pelos animais, o movimento era imperceptível.

- Desculpem utilizarmos este veículo de tração animal, pois ainda não temos toda a tecnologia que tínhamos em Akmelon, mas aos poucos estamos evoluindo e quem sabe em breve, com a ajuda dos engads, poderemos ter uma tecnologia bem melhor.

- Já nos sentimos bem confortáveis aqui. - Disse o Ash, sentado ao lado da Nara e de frente ao rei Lio. O senhor Simon e eu estávamos sentados atrás deles.

- Vocês tem certeza que querem voltar? Aqui é um bom lugar e precisamos de ajuda para continuarmos a construir. - Disse o rei Lio olhando para nós.

- Gostaríamos de ficar, mas ainda temos muita coisa para ser feita em nosso planeta. - Falou o senhor Simon.

- Que Pena, vou sentir muita saudade de vocês. - Falou Nara olhando para mim.

- Quero que saibam que vocês estão no nosso coração. Este planeta também é de vocês. Quando conseguirem voltar, teremos grandes alegrias.

- Agradecemos, rei Lio. - Disse o senhor Simon.

Não demorou muito e chegamos ao território dos Engads. Era como se fosse uma pequena comunidade. Havia pequenas casas que mais pareciam iglus, só que feito de pedras bem cortadas e trabalhadas. Bem no centro da comunidade havia uma grande pirâmide, igual a que vimos no Egito, mas essa era semelhante a ouro, pois, com a luz do sol iluminava todas as casas. Aos poucos, começaram a aparecer Engads de tudo quanto foi lado. Eles seguravam as nossas mãos e demonstravam muita alegria com o rei Lio. Então, um deles com uma estatura um pouco maior veio ao encontro do rei Lio. Os dois se abraçaram e caminharam para o iglu de pedra. Nós os seguimos. Na entrada, só passava um por vez, era necessário se curvar e entrar. O lugar parecia maior por dentro do que por fora. Havia como se fosse um painel de comando e algumas telas e nelas apareciam mapas estelares. Todos estavam acesos e piscando. Vários Engads estavam trabalhando e conversando entre si, nem se deram conta que estávamos ali. Descemos uma longa escada e chegamos numa sala enorme em que havia um verdadeiro disco voador. O senhor Simon e eu ficamos deslumbrados com aquilo, pois só tínhamos visto em filmes. Era todo metálico e, em cima, tinha uma pequena cúpula que parecia feita de vidro e toda sua volta era cercada por luzes coloridas. Vários engads entravam e desciam da nave.

- Senhor Simon, o senhor já tinha visto isso?

- Jorge, que nave linda.

Nessa hora, o rei Lio e os Engads vieram em nossa direção.

- Este é Tino, líder dos Engads, ele tem algumas preocupações. - Disse o rei Lio apontando para o Tino.

- Nós teremos que colocá-los numa pequena cápsula de mapeamento, pois não conseguiremos chegar até lá. A nave está com algumas avarias, porque na última viagem fomos atingidos por um asteroide que acertou a base de nosso propulsor. Isso vai levar um bom tempo para consertar. Sendo assim, se colocarmos vocês nesta cápsula, com os dados do planeta Akmelon, vocês chegarão até lá em grande velocidade, mas correm o risco de serem atingidos por algum asteroide ou meteorito e acabarem perdendo a rota. Além disso, podem parar em outra direção ou ficarem pra sempre no espaço. A cápsula não tem nenhuma direção para que vocês possam consertar a rota ou qualquer movimento. Vocês querem arriscar? – Pensou o Lino líder dos Engads e entendemos tudo em nossa mente.

- Só tenho uma pergunta.

- Pode falar, Jorge! - Falou o rei Lio.

- Não podemos ir com algum portal? Da mesma forma que

chegamos aqui?

- Infelizmente, não temos Alunis para manter o portal aberto. - Disse Ash.

- Mas e o anel de Abadom?

- Se colocarmos o anel no portal, Jorge, ele tem a força de transformá-lo num buraco negro, sugando tudo o que temos para um lugar sem fim.

- Bem, olhando por esse lado, acho que a cápsula é a melhor opção!

- Quanto tempo levaria para consertar a nave? - Perguntou o senhor Simon.

- Acredito que conseguiremos em, no máximo, quinze luas. Acontece que, na distância que estamos de Akmelon, há uma mudança de tempo e espaço. Por exemplo, se abríssemos um portal daqui para lá, pode ter passado mais ou menos quinze voltas ao sol. Não temos certeza do cálculo, já que o espaço é muito instável. - Pensou o Tino.

- Entendi. Quer dizer que quanto mais tempo aqui, poderemos viajar para o futuro, ou o passado de lá? - Perguntou o senhor Simon.

- Vocês estão dizendo que corremos o risco de encontrar com Abadom de novo? - Perguntei.

- É mais provável que cheguem a algum tempo no futuro. - Pensou o Tino.

- Não se preocupe, Jorge, pois independente do tempo,

poderemos conseguir ajustar na máquina e voltarmos. - Falou o senhor Simon.

- Pelo que vejo e ouvi, a melhor opção é ficarem aqui pra sempre. - Disse Nara.

- É o que também acho! - Falou Ash.

- Infelizmente, temos que ir e correr o risco, pois precisamos voltar. - Falou o senhor Simon.

- Dessa forma, vocês precisam levar alguns biones e tomar assim que chegarem lá! - Disse o rei Lio.

- E o que é bione? - Perguntei.

- São pequenas pílulas que os engads criaram. Elas fazem com que vocês suportem a radiação e até mesmo a falta de oxigênio. Acreditamos que as bombas de Abadom devem ter acabado com toda atmosfera por lá. Além disso, devem tomar cuidado, pois o efeito não dura muito tempo. Vocês precisarão descer bem próximo ao veículo que deixaram lá.

- Que coisa! É tanta dificuldade que estou pensando na hipótese de ficar por aqui, senhor Simon.

- Não se preocupe, Jorge, Iaven está conosco e vamos conseguir.

-Vamos partir então! - Pensou Tino acenando pra todos que estavam ali.

Começou uma correria por todo o lugar. Então, o rei Lio abraçou o senhor Simon e disse:

- Que Iaven esteja com vocês e possam chegar ao destino em

paz.

- Vou sentir muito sua falta. Nunca tive um amigo como você, Jorge. Espero te ver de novo um dia. Guarde isso. É meu presente. - Disse Nara me abraçando bem forte e me entregando um pequeno anel com uma pequena pedra na ponta que parecia um diamante.

- Você é uma pessoa muito especial, Nara. Espero que um dia a gente se encontre de novo. Obrigado pelo presente. – Falei.

- Isso é pra você lembrar que eu te amo, Jorge! – Disse Nara com lágrimas escorrendo nos olhos.

Eu fiquei sem ação e não sabia o que dizer. Então, o rei Lio me puxou pelo braço e disse:

- Ash irá acompanhar vocês na nave e nós não poderemos ir. Só vou pedir que vocês sempre se lembrem de nós. - Disse o rei Lio me abraçando.

- Isto é uma coisa que nunca vou esquecer. Pra sempre estarão no meu coração. – Falei.

Nara se afastou e acenou. Entramos na nave e havia várias cadeiras pequenas, pois foram feitas para os Engads. Dentro da nave, era tudo branco com várias luzes iluminando o lugar. O painel da nave era pequeno e um dos Engads pilotava. Havia uma pequena abertura por onde dava pra ver o lado de fora. Ash se sentou ao meu lado.

- Jorge, guarde com você os biones e, assim que pousarem em Akmelon, engulam e tentem chegar o mais rápido possível na nave de vocês.

- Pode deixar, Ash, vamos fazer o mais rápido possível.

A nave fechou e, por uma pequena abertura, dava pra ver as paredes se movimentando do lado de fora. Ela levantou voo muito rápido. Estávamos dentro da pirâmide que se abriu em três partes pra podermos sair e depois se fechou. Em pouco tempo, podíamos ver que estávamos no espaço. Depois de um bom momento, o piloto se levantou, veio em nossa direção e disse:

- Aqui é até onde posso chegar. Acompanhem-me à cápsula.

Levantamos e ele apertou algo no canto da nave. A parte de cima desceu, como se fosse uma bola de vidro, e duas peças a seguravam pelos lados. Então, ele encostou-se a ela e apareceram alguns desenhos estranhos, conforme tocava, depois desaparecia, fazia um som bem fraco. A cápsula se abriu em duas partes, como se fosse um ovo de páscoa.

- Entrem para que eu possa fechar e programar o destino de vocês.

- A gente vai conseguir respirar aí dentro? - Perguntei.

- Sim, ela manterá vocês vivos aqui até chegar ao destino, então ela vai se abrir e se desintegrar.

- Entendi. Uma vez em Akmelon, corremos ou morremos.

- Não se preocupe, Jorge, tudo vai dar certo. O Simon me mostrou onde vocês deixaram a nave. A cápsula deixará vocês a pouca distância.

- Obrigado, Ash, por tudo que fez por nós. Que Iaven te abençoe!

- Que isso, Simon, nós que temos que agradecer. Sem vocês, não teríamos chegado a Luminiares.

Ash então me abraçou bem forte, e disse:

- E você, garoto, se fosse da minha raça, poderia ser meu genro, pois a Nara se apaixonou por você.

- Seria uma honra, Ash, mas Nara e eu somos bem diferentes.

- Olha, Jorge, é nas diferenças que se nascem os verdadeiros amores. Você devia ter conhecido minha esposa, entenderia o que estou falando. – Disse Ash olhando para mim com um sorriso.

Entramos na cápsula e vi que Ash deixou rolar algumas lágrimas. Ela se fechou e não podíamos ouvir mais nada do lado de fora. Levantou-se uma parede a nossa frente e abaixo de nós se abriu algo como um alçapão e, bem devagar, fomos descendo. Já dava pra ver, do lado de fora, todo o Espaço. Ficamos soltos e flutuando, indo em direção à frente da nave. Podíamos ver o Ash e o piloto acenando pra nós. Num piscar de olhos, desapareceram diante de nós. Estávamos viajando pelo espaço numa velocidade incrível. Era possível ver várias estrelas, nebulosas, meteoros e planetas.

- Jorge, vou te falar, nunca imaginei que um dia pudesse viajar pelo espaço!

- Eu também, ainda mais tão desconfortável.

- Realmente, esta cápsula não foi feita pra pessoas viajarem, mas o que estamos vendo é inacreditável. Pensar, Jorge, que ainda existem outros universos. Não dá nem pra imaginar. Que oportunidade de conhecimento estamos tendo. Por isso, no livro de Hebreus, capítulo onze e verso três, diz: Pela fé, entendemos que os mundos, pela palavra de Deus, foram criados de maneira que aquilo que se vê não foi feito do que é aparente.

- Tem razão. Ou melhor, foge de tudo que faz parte da razão humana. Descobrimos que nada sabemos sobre o universo e ainda existe muito por se descobrir.

Assim, ficamos um bom tempo conversando sobre tudo o que passamos e tudo o que vivemos nesses dias nas terras de Akmelon e Luminiares.

- Olhe, Jorge, o que será aquilo à nossa frente?

- Parece uma nuvem. Será nuvem de gás? Estamos indo bem na direção dela. Será que teremos algum problema?

- Não sei, Jorge. O pior é que não temos onde nos segurar.

Nessa hora, entramos por dentro dessa nuvem. Houve um calor intenso que deu pra sentir mesmo dentro da cápsula. Uma luz forte brilhou e parecia que raios tocavam a cápsula, até que saímos, e continuamos a viagem.

- O que será que foi aquilo?

- Não sei, Jorge, espero que não tenha afetado nada.

- Imagine se ficarmos perdidos no espaço. Parece que estamos aumentando a velocidade!

- Também senti isso, mas acredito que tudo dará certo. Veja, Jorge, acho que estou vendo Saturno.

- É! Dá pra ver que tem anéis.

Assim, passamos por todos os planetas da nossa constelação e podíamos ver que nos aproximávamos do planeta marte, também chamado de Akmelon.

- Ai, graças a Deus, estamos chegando.

- Sim, Jorge, mas a cápsula não está desacelerando. Acho que vamos passar direto.

E, como o senhor Simon previu, passamos direto por marte e, logo depois, passamos a lua. A cápsula foi desacelerando e entrando na órbita da Terra.

- Senhor Simon, acho que erraram as coordenadas e nos mandaram pra Terra.

- Não, Jorge, acho que aquela nuvem fez isto.

- E se chegarmos à Terra, o que vamos fazer?

- Não sei, Jorge, mas vamos tentar achar os Tekins que vieram pra cá. Quem sabe nos ajudem a voltar para marte.

A cápsula foi desacelerando e já dava pra ver algumas nuvens bem escuras. Fomos descendo bem devagar. Tudo em volta era água e estava com uma cor meio avermelhada. Parecia que estávamos descendo no mar. Assim que se aproximou do mar, a cápsula começou a voar pra frente, com grande velocidade. Em pouco tempo, conseguimos avistar uma praia cheia de árvores e pousamos na areia. Assim que a nave pousou, ela se abriu e saímos de dentro. Ela começou a se desmanchar e desapareceu.

- Acho que a cápsula foi programada para não cair na água, por isso nos deixou aqui.

- E onde será que estamos? Que cheiro horrível.

- Veja, Jorge, a praia está cheia de animais mortos. Parece que o mar está poluído com alguma química. Acho melhor andarmos pela areia e ver se encontramos alguma coisa, ou algum Tekin, ou descobrimos onde estamos.

Começamos a andar. Por onde a gente passava havia muitos peixes e animais marinhos, todos mortos e em decomposição. A praia estava forrada de corvos e abutres. Estava tudo meio escuro. Não dava pra ver o sol. Parecia que ia cair uma tempestade.

- Será que estamos há milhões de anos antes de Cristo?

- Não sei, Jorge, precisamos seguir em frente.

- E se existir algum animal pré-histórico por aqui?

- Só temos um jeito de descobrir: seguindo em frente.

Começamos ouvir um barulho que parecia um helicóptero. Ele passou por cima de nós e foi em direção ao meio do mar.

- É um helicóptero, senhor Simon, acho que chegamos nos dias atuais.

- Pode ser, Jorge, acho que viram a cápsula descendo e foram pra analisar o que é.

- Vamos fazer sinal pra nos tirarem daqui.

- Boa ideia, Jorge, vamos pegar alguns galhos na mata e balançar. Vai que conseguem nos notar.

Enquanto fui pegar alguns galhos, vi dois homens se aproximando e parando entre as árvores.

- Senhor Simon, tem alguém ali!

- Ei, vocês podem nos ajudar? Não sabemos onde estamos. - Gritou o senhor Simon para aqueles dois homens.

- Mostrem as mãos dos dois lados! - Falou um rapaz, com uma mochila na costa.

Sem entendermos o porquê daquilo, estendemos as mãos e depois viramos mostrando as palmas.

- Saiam daí! Venham conosco. Não deixem que o helicóptero veja vocês.

Nos aproximamos deles, então fizeram sinal para entrarmos na mata e ficamos esperando.

- Vamos esperar eles irem embora, depois sairemos para o nosso esconderijo. Façam o máximo de silêncio. Pode ser que ainda tenham soldados em terra.

Passaram alguns minutos e vimos alguns soldados vestidos de vermelho andando pela praia. Assim que o helicóptero retornou, eles voltaram por onde tinham vindo.

- O nome dele é Marcos; o meu, David. Ele é mudo não pode falar.

- Eu sou Simon e ele é o Jorge. Onde estamos?

- Vocês estão na Paraíba! - Falou David rindo.

- Brasil? - Perguntei.

- Se não mudaram o nome, acho que ainda é.

- Em que ano estamos? - Perguntou o senhor Simon.

- No ano trinta e três do VM.

- O que é VM? - Perguntou o senhor Simon.

- VM quer dizer "Verdadeiro Messias".

- Como assim? Trinta e três depois de Cristo? - Perguntei

- Vocês vieram de onde? Parecem perdidos. Bateram a cabeça?

- Estamos sem saber o que aconteceu. - Falou o senhor Simon.

Então, o Marcos, que é mudo, gesticulou algo para o David e ele concordou e falou:

- O Marcos está dizendo que provavelmente vocês foram pegos pelos soldados e sofreram algum tipo de lavagem cerebral. Por isso eles estavam procurando vocês. Se eles usaram os remédios, pode levar um bom tempo pra se recordarem de tudo.

- Por favor, nos ajude a lembrar. - Falei.

- Sim! Vou ajudar vocês, mas antes precisamos sair daqui e ir pra estação do Cabo. Nos acompanhem.

Saímos daquela mata e chegamos a um lugar com alguns edifícios abandonados, outros em ruínas. Entramos num prédio redondo. Todas as janelas estavam quebradas. David levantou um tapete do chão e havia uma pequena porta. Abrindo a porta, vimos uma escada de madeira. Eles desceram e os seguimos. Saímos em outra pequena sala e seguimos por um estreito corredor iluminado por um pequeno lampião. Chegamos a uma sala grande onde encontramos mais umas doze pessoas.

- Sentem-se nestas latas. Vou conversar com a nossa líder.

- Pode deixar! Ficaremos aqui. - Disse o senhor Simon.

- O senhor está entendendo alguma coisa?

- Não faço a menor ideia do que está acontecendo, Jorge. Pelo jeito, viemos parar no futuro. Eles acham que sofremos uma lavagem cerebral, então vamos deixar como está até descobrirmos o que está acontecendo.

Nessa hora, uma senhora se aproximou de nós, junto com David e Marcos.

- São vocês que estavam na praia? - Perguntou ela.

- Sim, senhora, precisamos saber onde estamos e em que ano, pois não temos ideia.

- Estiquem os braços! - Ela segurou nossas mãos e ficou olhando. - Menino, levante esse cabelo da testa.

Levantei e ela veio olhar bem próximo.

- Muito bem! Eles não têm o sinal. Fale pra eles o que querem saber. Vamos ver se conseguem lembrar alguma coisa que possa nos ajudar.

David se sentou à nossa frente e ela foi em direção à outra porta com as pessoas.

- Bem, vou começar e se tiverem alguma dúvida, vocês me perguntam. Tudo bem?

- Sim, pode falar. Estaremos te ouvindo. - Disse o senhor Simon já se ajeitando para ouvir.

- O nosso planeta entrou numa crise mundial. Muita gente estava morrendo de fome. O índice de criminalidade aumentou de forma horrorizante. As religiões começaram a incentivar guerras e conflitos para que todos aceitassem seus ideais. O mundo começou a entrar numa confusão generalizada. Doenças se espalharam, terremotos devastaram grandes cidades, a busca pela paz parecia uma utopia. Foi então que todos os países se juntaram e formaram um só grupo. Seus líderes elegeram um homem como o governador mundial e, assim, todos deveriam seguir as regras criadas. É lógico que muitos não quiseram aceitar e formaram então conspirações e guerras contra esse novo governo. Em meio ao caos, uma grande parte da população desapareceu. Espalhou-se pelo mundo a notícia de que Jesus havia arrebatado o seu povo. Porém, o líder mundial disse que isso era obra do grupo que conspirava contra seu governo e todos deveriam se precaver contra eles ou atacá-los, antes que acabassem com o restante da população. Dessa forma, todos se uniram e conseguiram derrotar esse grupo. Houve uma mudança no mundo e todos começaram a reconstrução. Seguiram as ordens do líder mundial e, em três anos, o mundo conseguiu voltar a ter paz. Tudo passou a ser controlado pelo governo mundial, assim, em seu domínio, ele separou um líder para a religião universal e outro passou a cuidar da economia. Tudo estava bem e caminhando em plena paz, até que o líder mundial se intitulou de "O verdadeiro messias". O mundo deveria esquecer-se de suas crenças do passado. Para isso, criou um novo calendário e o início seria sua data de nascimento. Ele começou a fazer milagres e doenças foram extintas. Imagens suas se espalharam por todo o mundo. Todos deveriam adorá-lo e acreditar que era o messias. Ele criou um código secreto que seus adoradores deveriam receber, tornando-os submissos. Quem assim fizesse, teria liberdade total, mas, os que não quisessem receber o sinal deveriam ser mortos. O sinal não poderia ser comercializado. Os que acreditavam no arrebatamento, ou eram seguidores de outras religiões, não aceitaram os sinais. Formaram um grupo de rebeldes. Começou aí uma busca implacável contra eles. A ordem era matá-los, sem piedade. Quem assim fizesse recebia grande soma de dinheiro. O mundo voltou ao caos. Muitos dos rebeldes morreram de fome e sede. Chegaram a se formar grandes pilhas de corpos mortos em praças públicas para servirem de exemplos. Em Israel, a situação foi ainda pior. Quando conseguiram levantar o templo e voltaram à adoração a Jeová, o líder mundial pediu que o adorassem e eles não aceitaram. Foi dado um prazo para pensarem, pois alguns judeus precisavam buscar nos seus livros sagrados algo que indicasse que ele era o messias e, assim, se descobrissem alguma coisa, iriam adorá-lo como o verdadeiro senhor. Muitos acham que isso é apenas uma forma dos judeus conseguirem tempo para confrontá-lo. Enquanto estavam nesse impasse, houve algo assustador em todo o mundo. O líder religioso marcou uma grande festa onde o messias seria coroado rei de todo o mundo e receberia o seu cetro de poder. Porém, antes dessa festa, todos os mortos que estavam em praça pública se levantaram e seus corpos se restauraram de forma milagrosa. Houve no céu um barulho, como se fosse uma grande trombeta. Todos os mortos subiram ao céu e desapareceram de forma extraordinária. Alguns espalharam a notícia de que era o segundo arrebatamento e agora viriam as pragas divinas contra o que eles chamavam de o Anticristo. Um grupo subiu onde estava esse líder religioso e o matou. Houve um espanto mundial. Ele, então, de uma forma milagrosa, conseguiu ressuscitar na frente de todos. Foi transmitido pelo mundo e a maioria acreditou que ele realmente era o messias, ainda mais quando levantou o cetro aos céus e começou a cair fogo. Cidades foram destruídas. Outro dia, ele foi até o deserto do Saara e, com o cedro apontado pra areia, criou um grande portal trazendo para cá um grande exército de criaturas nunca vistas por olhos humanos. Eles, a mando do líder, começaram a perseguir os rebeldes. Eram criaturas ferozes e matavam qualquer um que estivesse à frente. Pareciam furiosos com os humanos.

- Desculpe interromper, mas como são esses seres? - Perguntei.

- Tenho um vídeo deles aqui comigo. Estão espalhados pelo mundo e seguem o líder mundial. São muito fortes e morrem somente quando lhes cortam a cabeça.

Ele levantou uma pequena antena de seu relógio e uma pequena tela apareceu sobre sua mão. Mostrou-nos o vídeo onde pudemos ver claramente que eram eles.

- Veja, Jorge, é o exército de Abadom.

- Sim, senhor Simon, o líder abriu o portal e trouxe de volta todos eles que estavam presos.

- Vocês já viram Abadom?

- Sim, a gente já o conhece. - Falei

- Ele é o braço direito do líder. Dizem que eles vieram de outro planeta.

- Acreditamos que sim. Continue a história, por favor. - Disse o senhor Simon.

- A situação no mundo começou a ficar pior ainda. Segundo alguns cientistas, houve uma explosão de uma estrela, criando uma emissão de grandes meteoros na nossa galáxia. Esses meteoros começaram a desencadear uma chuva em nosso planeta de forma horrorizante. Grandes pedras atravessaram os céus e começaram a destruir tudo. Em alguns lugares, o dia se tornou noite. Um meteoro enorme caiu no mar e, ao se chocar com a água, além de produzir um grande maremoto, ainda criou uma mistura mortal, destruindo todas as criaturas marítimas. As águas dos rios por todo o mundo se tornaram amargas e venenosas. Assim, os recursos hídricos foram destruídos e a sede passou tomar conta de todos. Apenas pequenas fontes de água, em alguns lugares, eram possíveis de ser consumidas. O líder mundial tentou controlar a situação, mas foi impossível. Pedia que todos o adorassem e assim, quanto mais acreditassem nele, mais poder teria e conseguiria resolver tudo. Muitos acreditavam que havia uma maldição e que Deus iria destruir todo o seu império. Surgiram, então, quatro destruidores com um poder enorme de destruição. Só de tocarem em alguém, faziam com que essa pessoa se tornasse em pó. Eles não obedeciam ao líder mundial. Quem havia recebido a marca, estava sofrendo de uma doença que comia a pele e que não tinha cura. Uns perderam braços, outros parte da face. Verdadeiros zumbis estavam aparecendo no planeta, pois alguns dizem que o cetro do líder religioso consegue arrancar a alma humana de um corpo e fazer com que demônios tomem posse. Agora, esses zumbis iniciaram uma busca por humanos para que mais demônios assumam os corpos. Todos tentam se esconder e fugir dos soldados do líder mundial, pois sabem que vão morrer. Esta é toda a história.

- E os judeus? - Perguntou o senhor Simon.

- Eles foram espertos. Enquanto toda a atenção do líder mundial ficou para os eventos que aconteceram, eles conseguiram se armar e hoje estão cercados. Dizem que em pouco tempo poderá haver uma guerra e eles acreditam na vitória. Alguns acham que será um massacre, pois os destruidores, o grupo de Abadom, os exércitos e, ainda, o líder mundial com seu cetro estão juntos. Será difícil vencerem.

- Entendi. E vocês, de que lado estão? - Perguntei.

- Nós somos aqueles que se escondem e tentam sobreviver. Não temos a marca e vivemos aqui já há algum tempo. Quando chega a noite, saímos pra caçar. Evitamos nos movimentar durante o dia, pois os soldados estão por aí buscando os não marcados.

- Ainda bem que ouvimos um som no céu e saímos para verificar. Achamos que viriam mais meteoritos, então vimos uma bola no céu, descendo muito rápido e vindo em direção à praia. Quando fomos ver o que era, vimos vocês. Acho que os soldados estavam fazendo experiências e a esfera era algum tipo de bomba.

- Sorte nossa terem nos encontrado. Não sei o que poderia acontecer se nos pegassem. - Disse o senhor Simon.

- Tem razão. Vou buscar algo pra vocês comerem e um pouco de água. - Disse o David indo para o fundo da sala.

- Senhor Simon, acho que viemos parar dentro do apocalipse.

- Isto mesmo, Jorge. Precisamos sair daqui o mais rápido possível.

- Mas como vamos fazer isso se a máquina está em Marte?

- Eu estive pensando: Se estamos na Paraíba, é possível encontrarmos as pedras de Ingá, onde os Tekins escreveram e deixaram algum recado. Penso que talvez lá exista alguma forma de voltarmos.

- E como vamos fazer isso?

- Vamos ver com o David se ele sabe ou tem como nos levar até lá.

Nesse momento, David veio em nossa direção e trouxe alguns pedaços de carne.

- Podem comer. Hoje à noite iremos caçar.

- Que carne é esta? - Perguntei.

- Isso é um coelho.

A carne estava bem temperada e tirou a nossa fome, já a água foi um pequeno copo e mal deu para molhar a boca.

- Nos desculpe pela água, infelizmente, é o máximo que podemos dar. Muitos já morreram por desidratação. Não sabemos se ainda encontraremos água.

- E onde conseguiram esta? - Perguntou o senhor Simon.

- A gente conseguiu dentro de um mercado abandonado. As garrafas estavam lacradas e escondidas dentro de uma sala subterrânea.

- Então está acabando? - Perguntei.

- Sim, temos muito pouca água agora. Se não acharmos mais, todos aqui poderão morrer de sede.

- E o que vocês pretendem fazer? - Perguntou o senhor Simon, levando o último pedaço de carne à boca.

- Estamos com ideia de sair à noite e ir até a cidade de Ingá. Dizem que, talvez, lá tenha ainda um lugar com poços não contaminados. Iremos com um caminhão e traremos o máximo de água possível.

- Mas os soldados não poderão pegá-los? - Disse o senhor Simon lambendo os dedos.

- É um risco que temos de correr. À noite fica difícil pra eles nos localizarem, já que quase não vemos mais estrelas ou a própria Lua. Está pra mais de anos que não chove neste lugar. Dizem que em Israel ainda chove.

- Como assim? Não conseguem ver a lua ou as estrelas? - Perguntei.

- O céu está todo encoberto de poeira devido aos meteoros que caíram. Tudo está escuro. Durante o dia, ainda há um pouco de claridade, mas a noite é um breu.

- E como conseguirão chegar a... Como é mesmo o nome? - Perguntou o senhor Simon.

- É Ingá. O nosso motorista sabe como chegar. Iremos com os faróis apagados, assim não conseguirão nos ver. Teremos uma viagem de uma hora e meia, aproximadamente.

- Esse lugar não fica próximo às Pedras de Ingá?

- Sim, é bem perto. –Disse o David.

- Seria possível nos deixar ali por perto, David?

- Por que vocês querem ir para as Pedras de Ingá? Lá está tudo destruído e nem caça encontramos mais. Virou uma cidade deserta, já será um risco irmos em busca de água.

- Acreditamos que lá é possível acharmos um meio de voltarmos pra casa.

- Esqueçam isso. A casa de vocês é aqui agora. Sair é pedir pra morrer.

- Eu sei, David, mas precisamos saber se é possível chegarmos em casa. Se não for, voltaremos pra cá.

- Vou fazer o seguinte: direi que vocês, voluntariamente, irão conosco em busca de água, pois muitos têm medo de ir. Vou falar com a nossa líder.

Ele se retirou e foi ao encontro da líder.

- E se não tiver nada lá, senhor Simon?

- Acredito que exista algo que possa nos ajudar, Jorge. Assim espero!

- Olha, a líder permitiu, pois todos acham que é suicídio ir à busca de água. - Falou o David, vindo em nossa direção.

- Então a que horas iremos? - Perguntei.

- Vamos esperar umas quatro horas. Acho melhor descansarem, pois a viagem vai ser cansativa.

De repente, o relógio de David e de outros que ali começaram a dar um sinal. Ele abriu a tela e apareceu um homem falando:

- Atenção, servos do verdadeiro messias, amanhã será o fim dos judeus. A guerra vai começar e pedimos a todos que se virem alguém sem a marca, os matem. São rebeldes e querem tirar a paz que o verdadeiro messias nos deu.

Assim, apareceram algumas imagens de Israel e todo seu território. Estavam cercados. Logo depois apareceu Abadom, todo imponente, querendo ir à guerra. No seu pescoço, havia um cordão e uma pequena pedra de Alunis pendurada e então a transmissão encerrou.

- Esse era o líder religioso. Agora teremos que tomar o máximo de cuidado. Se alguém descobrir que não temos a marca, poderemos ser mortos.

- Vocês têm alguma arma? -Perguntou o senhor Simon.

- Só temos uma pequena pistola que ficará com a líder, caso tenha problemas por aqui.

- Então iremos somente com a coragem?

- Não se preocupe, Jorge, estaremos seguros. Se Deus quiser, todos vão estar na expectativa da guerra e não nos notarão.

- Tomara que assim seja, David.

- Bem, é melhor descansarem. Quando der o horário, chamo vocês. Desculpem-nos por não termos um lugar melhor para acomodá-los.

- Imagine, David, vocês já fizeram bastante por nós. - Falou o senhor Simon se acomodando no chão.

Descansamos um pouco no lugar em que estávamos. O chão era frio, mas consegui um pedaço de papelão e dividi com o senhor Simon.

Capítulo 5

As Pedras de Ingá

Fomos acordados pelo David que estava acompanhado de um homem. Os outros ainda estavam dormindo.

- Vamos! Este é o motorista Carlos. É ele que vai nos levar.

- Prazer, Carlos, eu sou Simon e ele é o Jorge.

- Bom conhecer vocês, mas vamos logo. Não podemos perder tempo. Precisamos ir e voltar rápido, antes do amanhecer.

- Entendemos, Carlos, então vamos.

Assim, subimos as escadas e saímos na sala por onde havíamos entrado. Seguimos um pequeno corredor. A escuridão era total e quase não enxergávamos nada. Somente o David tinha uma lanterna com a luz bem fraca iluminando o caminho. Logo saímos em um barracão onde tinha um caminhão pequeno. Só cabiam dois na frente e a carroceria estava cheia de tambores.

- Acho melhor vocês subirem na carroceria. Carlos e eu iremos na frente. Só vamos parar quando chegarmos em Ingá.

Subimos na carroceria e nos sentamos da melhor forma possível, já que não dava pra ver nada e a viagem seria longa. O caminhão foi ligado e não fazia barulho algum. Seguimos para a cidade.

- Senhor Simon, esse caminhão não faz barulho.

- Sim, Jorge, ele é elétrico.

- Interessante. Espero que possamos ir e voltar sem encontrar alguém.

- Verdade, Jorge. Olhe! Não dá pra ver nada no céu, tudo está escuro realmente.

- Tem razão. Escuridão total. Espero que lá, nessas pedras, a gente consiga ir embora, pois não quero encontrar com Abadom novamente e nenhum de seus comparsas.

- Já basta uma vez, Jorge. Acredito que as pedras de Ingá possam ser um portal e, se assim for, passaremos e iremos para marte.

- Pode ser que estejamos no final da grande tribulação, senhor Simon?

- Sim, Jorge. Se o anticristo for destruir Israel, pode ser que Cristo volte para reinar na terra por mil anos.

- Então, se por um acaso não der certo, podemos ir falar com Cristo e ele fará a gente voltar.

- Sim, Jorge, se não der certo, essa será a última solução.

Seguimos viagem e, pelo caminho, o senhor Simon e eu fomos falando sobre todo o evento que David nos contou a respeito do que ocorreu na terra e como se encaixava diretamente com os fatos descritos no Apocalipse. Então, em um momento, o caminhão parou na estrada. Carlos e David desceram e foram iluminando o caminho. Parecia haver uma árvore bloqueando a estrada. Descemos também e fomos ver no que podíamos ajudar.

- Tem uma árvore gigante caída na estrada. Será que tem como desviar dela, Carlos?

- Vamos voltar e seguir pela outra saída que vi alguns metros atrás.

- Não é possível, pois se sairmos deste caminho, demoraremos mais. Vamos tentar arrancar a árvore com o caminhão. Tem uma corda, a gente tenta arrastar. - Disse David pegando uma corda na cabine.

Amarramos a corda na árvore e no caminhão a fim de arrastá-la e desobstruir a passagem. Carlos subiu no caminhão e começou a puxar. A árvore começou a se mover e Carlos parou de puxar. Olhamos para ele. Ele parecia estar pálido e apontava para nossa frente.

- O que ele está vendo? - Perguntou o senhor Simon.

- Não sei. Vou subir na árvore e ver o que tem do outro lado. – disse David subindo no tronco da árvore.

- O que é? – Perguntei.

- É um grupo de zumbis. Eles estão vindo para cá. – falou David descendo desesperadamente.

- E o que vamos fazer? – Perguntei.

- Vamos pegar o caminhão e sair daqui. – David falou correndo, desamarrando a corda e entrando no caminhão.

Nessa hora, vimos dois homens subirem no tronco da árvore. Carlos ascendeu os faróis do caminhão e assim vimos que os zumbis tinham os olhos bem vermelhos.

- Olha, senhor Simon, os olhos deles são como os dos Akenias!

- Sim, Jorge, eles estão mortos. Só estão vivos pela possessão que está neles. Isso só é possível de ser feito por meio da pedra super Alunis.

- Sendo assim, Abadom conseguiu a pedra ou o anticristo.

- Sim, Jorge, com certeza é o cetro do anticristo.

Os zumbis pararam e ficaram nos encarando. David começou a gritar da cabine:

- Vamos, gente! Subam no caminhão e vamos nos retirar.

Eles pararam sobre o tronco da árvore, cerca de uns sete homens, e ficaram como estátuas paradas no lugar nos olhando.

- Por que eles estão parados? - Perguntou o David.

- Não sei dizer! – disse o senhor Simon.

- Eles estão como que hipnotizados. Vamos aproveitar e sair daqui. – disse David.

- Jorge, olhe no bolso de sua calça, tem algo aceso. – falou o senhor Simon.

Quando olhei, vi que era a pequena vara de madeira que foi dada pelo o oráculo em Luminiares.

- É aquela peça que o oráculo me deu.

Quando tirei do bolso, todas as escritas estavam acesas em cor bem azul e, na ponta, um brilho mais forte. Nisso, os zumbis ficaram acompanhando os meus movimentos.

- É isso que está deixando eles hipnotizados. – falou o senhor

Simon.

- O que é isso, garoto? – Perguntou o David.

- É uma longa história, David. Vai, Jorge, aponte pra eles pra ver o que fazem. – Disse o senhor Simon.

Apontei pra eles a vara de madeira e saiu uma luz na direção de um dos zumbis e ele caiu no chão como morto e não se movimentava mais. Apontei para outro e a aconteceu a mesma coisa. Então, os demais olharam um para o outro, saíram correndo e desapareceram no meio da mata.

- Meu Deus! Que arma é essa? – disse David.

- Depois a gente conta tudo. Vamos puxar a árvore e continuar até Ingá. – Falou o senhor Simon colocando de volta a corda no caminhão.

Puxamos a árvore e retiramos os corpos dos dois zumbis. O cheiro deles era terrível. Seguimos em frente. A escuridão era forte, mas Carlos se sentia seguro em andar com os faróis acesos.

 - Jorge, essa pequena vara deve possuir alguma parte da pedra de Alunis no seu interior e tem a capacidade de derrubar os zumbis. – falou o senhor Simon todo empolgado.

- Só estou pensando em uma coisa agora.

- E o que é, Jorge?

- Se eles são como os Akenias, terão como se comunicar com Abadom e ele mesmo poderá vir aqui.

- Sim, Jorge, é possível. Por isso, precisamos chegar logo nas pedras de Ingá.

Chegamos a uma pequena casa com algumas paredes derrubadas. Descemos do caminhão e o cheiro era muito forte de coisa podre.

- Que cheiro horrível é esse? – perguntei.

- Isso é o rio Ingá que também está contaminado. – Falou David retirando uma espécie de bomba do caminhão.

- Vocês acham que pode haver água por aqui? – Falou o senhor Simon ajudando a descer a bomba do caminhão.

- Assim esperamos. Pelo que vi, parece ter um poço logo ali a frente. Vamos colocar esta bomba dentro e ver se conseguimos retirar água. – Falou o Carlos indo próximo à uma parede caída.

Eles colocaram a bomba dentro de um buraco próximo aos entulhos e a ligaram na bateria do caminhão. Ela ligou e, em pouco tempo, começou a jorrar água. Começamos a encher os tambores com uma mangueira e acredito que, em duas horas, o caminhão estava cheio deles.

- Ainda bem que ainda tem água limpa. Essa água vai nos garantir mais alguns dias de sobrevivência. Vamos partir? – Disse David.

- Não podemos voltar, David, precisamos chegar nas pedras de Ingá.

- Eu sei, Simon, mas é perigoso e, com certeza, uma tropa virá atrás de nós, por causa desta arma que possuem. O quanto antes sairmos daqui, melhor.

- Temos que chegar até as pedras. Não queremos arriscar a vida de vocês. Deixem-nos aqui. Mostrem-nos onde podemos encontrá-las. Se por um acaso não der certo, iremos até vocês.

- Está bem. Nós iremos levar a água e se conseguirem sobreviver, podem nos encontrar lá em nossa base. Agora é só descer beirando o rio que logo vocês encontrarão as pedras. E tentem se manter escondidos.

- Pode deixar, David. Tomaremos muito cuidado. – Falei

Assim, eles subiram no caminhão e foram embora.

- E agora, senhor Simon?

- Está muito escuro pra descermos até as pedras. Acho melhor ficarmos dentro desta casa e esperar amanhecer.

- E se aparecerem os zumbis ou as tropas?

- É um risco que temos que correr, pois sem lanterna vai ficar difícil enxergarmos. Uma coisa sabemos: se a vara que você tem ascender, é porque tem zumbis por perto.

- Pelo menos isso nos ajudará.

Ficamos sentados em um canto da casa, esperando amanhecer e olhando a pequena vara. Quando o dia começou ficar um pouco mais claro, podíamos ver a vegetação. Parecia que ia cair uma tempestade. Havia nuvens escuras.

- Vamos, Jorge, agora já dá pra caminhar.

Começamos a descer beirando o rio, que estava com as águas bem escuras e muito peixe morto boiando. Era uma fedentina. Logo encontramos as pedras com as inscrições. O senhor Simon correu e começou a ler.

- Veja, Jorge, aqui diz alguma coisa referente à chegada dos Tekins e que o planeta era muito hostil. Vários morreram por doenças misteriosas e a nave estava sem Alunis para retornar. Está faltando a continuação. A pedra está bem desgastada e faltam pedaços.

- Onde será que colocaram a nave, senhor Simon? Depois de tanto tempo, pode ser que alguém já tenha encontrado ou mesmo levado para algum outro lugar.

- Acho que sei onde ela está, Jorge!

- Onde?

- Debaixo destas rochas. Uma parte aqui diz que sob as rochas descansa nossa esperança.

- E como vamos tirá-la daí?

- Me empresta a varinha de Alunis?

- O que vai fazer?

- Aqui diz: Alunis pedra sagrada, se encontrares, coloque sobre esta rocha. Acho que se colocarmos a ponta da varinha aqui neste encaixe, podemos descobrir onde está a nave.

Entreguei a varinha ao senhor Simon e ele a colocou sobre um pequeno desenho. Nessa hora, correu uma luz azul por todas as inscrições e elas pareciam se movimentar. De repente, o chão começou a tremer, as pedras começaram a se descolar e afastar umas das outras.

- Senhor Simon, saia daí. Pode ser perigoso! Alguma rocha pode cair sobre o senhor.

Ele correu em minha direção. As pedras estavam se distanciando e um grande buraco se abria entre elas. Logo, tudo parou.

- Olhe, Jorge, a nave está ali dentro.

- Quase nem dá pra perceber com tanta poeira.

- Também, está aí há milhares de anos.

- Vamos descer por ali, pois há uma pequena escada de pedras, senhor Simon.

- Sim, Jorge, mas primeiro vamos pegar a varinha, pois se ainda sobrou alguma carga, dá pra ligar a nave.

A varinha ainda estava como que conectada à pedra e o senhor Simon a retirou. Descemos até a nave e dava pra ver que havia uma pequena abertura na lateral, onde seria a porta. Entramos e tudo estava em perfeito estado, com vários bancos e inscrições por todos os lados.

- Olhe, Jorge, ali está sinalizando o local para a pedra de Alunis. Vamos colocar a varinha dentro, quem sabe funciona.

- E o senhor vai saber pilotar esta nave?

- Acredito que ela já esteja programada para ir à marte, pois eles a devem ter deixado pronta e assim, qualquer que conseguisse uma pedra, poderia ir embora.

- Entendi. O senhor acha que se colocarmos a varinha que tem Alunis naquele local, a nave vai ligar e nos levar pra Marte?

- Sim, Jorge!

- Deixa colocar logo essa varinha ali dentro. Não vejo a hora de partir deste lugar.

Assim que peguei a varinha e coloquei no local, a nave vibrou e começou a ascender tudo ao redor e a porta se fechou, automaticamente.

- Vamos, Jorge, sente-se e ponha o cinto. Estamos indo pra Marte.

- Graças a Deus!

A nave começou a se levantar. Pedras caíam sobre ela e escutávamos o som da batida. Aos poucos, fomos saindo daquele buraco. Já podíamos ver do lado de fora, o rio e a mata.

- Jorge, veja! Ali daquele lado está o exército do anticristo e alguns helicópteros.

- O importante é que estamos indo embora e eles não podem fazer nada.

Nessa hora, o exército parou, admirado pela nave, e os helicópteros se aproximavam. Ela começou a voar em direção ao norte e pegou velocidade. Um sinal de alerta acendeu no painel e o local de Alunis se abriu, jogando a varinha.

- O que está acontecendo, senhor Simon?

- Eu acho que acabou o combustível, Jorge.

- O que? Não é possível!

- Não foi suficiente para nos levar à Marte.

A nave começou a se desligar, pousou na estrada e a porta se abriu.

- E agora?

- Vamos sair, Jorge, antes que o exército chegue aqui.

- E não vamos pra Marte?

- Acredito que agora não.

Peguei a varinha do chão e ela estava toda amassada. Acho que a nave tentou sugar o máximo de Alunis possível. Então, descemos pela porta e já estávamos cercados por três soldados com as armas apontadas para nós.

- Mão na cabeça e não tentem nenhuma gracinha. Vocês estão presos em nome do grande Messias. – disse um dos soldados de roupa vermelha e com uma estrela no peito.

Deitaram a gente no chão, algemaram e colocaram dentro de um jipe todo vermelho também e com uma grande estrela de Davi pintada no capô.

- E agora, senhor Simon, o que vai acontecer com a nave?

- Não sei, Jorge, estou mais preocupado com o que vai acontecer conosco.

- Não se preocupem, não é sempre que recebemos extraterrestres em nosso planeta. Vocês são muito parecidos conosco. Como sabem falar a nossa língua? – Falou um dos soldados, que estava ao lado do senhor Simon.

- Olha, nós não somos...

- Deixa que eu falo, Jorge! O que vocês vão fazer conosco?

- Vamos mandar vocês, juntamente com a nave, para o líder máximo e ele vai ver o que fazer. – Disse o soldado.

- Cale a boca, Rodolfo, não fale com eles. O líder máximo não quer que falemos nada, pois eles têm poderes telepáticos. Fomos avisados que possuem armas que destroem até os zumbis. Por isso, amordace os dois agora. – Falou o soldado, que estava entrando no jipe para dirigir.

Capítulo 6

Conhecendo o Anticristo

Fomos amordaçados e seguimos viagem por uma estrada. Demorou algumas horas e chegamos a um lugar que parecia um quartel general. Podíamos ver a nave em um campo de futebol, ao lado do helicóptero que a havia a transportado. Fomos levados até uma sala, onde nos prenderam. Ficamos sentados próximo de uma mesa, então, recolheram as amordaças e tiraram fotos de nossos rostos.

- Você está bem, Jorge?

- Sim, e o senhor?

- Também estou bem. Eles acham que somos visitantes de outro planeta. É melhor que pensem assim.

- Mas, por quê?

- Assim, não vão nos matar ou nos transformar em zumbis. Eles vão querer nos interrogar e saber de onde viemos.

- Tem razão, não havia pensado nisso. Quem sabe a gente, nesse meio tempo, consiga fugir.

Nesse momento, entrou um homem de terno, gravata e óculos escuros.

- Olha, senhor Simon, são os MIBs.

- MIBs? O que é isso, Jorge?

- São os "*Men in black*": homens de preto, aquele filme do Will Smith. Eles investigam os extraterrestres e conseguem apagar as mentes das pessoas.

- Você sabe que isso é um filme né, Jorge?

- Eu sei.

- Desculpem os maus tratos dos soldados, eles são muito brutos e não sabem tratar bem nossos visitantes. Meu nome é Eduardo, sou o líder máximo deste local e gostaria de dizer que são bem vindos em nosso planeta.

Ele se sentou em frente a nós e tirou os óculos. Vimos que seus olhos eram bem vermelhos.

- Então o senhor é um zumbi? – Perguntei

- Meu caro jovem, não sei de que planeta você veio, mas deixa te explicar uma coisa: aqui neste planeta existem muitos seres humanos com ótimos corpos, mas com almas bem medíocres e sem valor. Por outro lado, existem almas com grande conhecimento, vagando sem corpo pelo planeta.

- Sei! Os demônios! – Falei

- Não sei com quem você conversou, mas não chamamos assim, pois isso denigre a nossa imagem. Chamamos de: Almas de ouro.

- Jorge, deixa ele explicar! – Disse o senhor Simon.

- Obrigado! Então, os seres humanos estavam, gradativamente, acabando com seus corpos e o nosso messias descobriu um jeito de destruir suas almas e nos colocar em seus corpos. Assim, podemos aproveitá-los muito mais.

- E o que vocês querem de nós? – Disse o senhor Simon.

- Bem, pelo que vimos, vocês possuem uma bela tecnologia. Isso será de grande valia para o nosso messias, pois ele será líder supremo deste planeta e depois conquistará outros mundos, se tornando o Senhor do Universo. Assim, vocês serão levados até ele, onde terão a oportunidade de conversar e passar tudo o que ele precisar.

- E quem disse que vamos cooperar? – Falei.

- Se vocês não quiserem cooperar, teremos um belo corpo jovem para utilizar. – falou Eduardo colocando os óculos escuros e saindo da sala.

- Agora estamos encrencados, senhor Simon. Vão nos levar para o anticristo e veremos Abadom.

- Acho que isso vai acontecer de qualquer jeito, Jorge. Olhe por aquela janela.

Ao lado da sala, havia uma pequena janela. Dava pra ver o helicóptero levando a nave novamente.

- Eles vão levá-la para o anticristo. Sem ela, não poderemos ir a Marte. Pelo menos, se formos juntos, quem sabe, teremos uma oportunidade de pegá-la e fugir.

- Claro, senhor Simon, só falta um pequeno detalhe: onde vamos encontrar Alunis?

- Lembra quando vimos Abadom, na tela daquele relógio do David? Ele tinha pequeno pedaço pendurado no pescoço.

- E o senhor acha que será possível pegar dele?

- Não sei dizer, Jorge, só indo lá pra saber.

- Estou pensando aqui, senhor Simon, e nas terras de Akmelon, os Akenias não falavam e eram mais robotizados, mas, neste lugar, os zumbis falam e são como humanos.

- Também pensei nisso, Jorge, mas a diferença é que, nas terras de Akmelon, o Abadom somente retirava as almas dos seres, os transformando em Akenias. Sendo assim, só faziam o que ele mandava por causa da super Alunis. Já aqui, no planeta, o anticristo descobriu uma forma de arrancar as almas e substituí-las por demônios. Por isso continuam com características de humanos.

Nesse momento, alguns soldados entraram e nos levaram para dentro de outro veículo. Fomos até um aeroporto. Chegando lá, nos deram algumas coisas para comer e beber e nos deixaram dentro de um avião de carga. Podíamos deduzir que a nave também estava sendo carregada conosco. Colocaram o senhor Simon e eu bem longe um do outro e dois guardas ficavam nos observando.

- Você sabe pra onde estão nos levando? – Perguntei ao guarda na minha frente.

- Estão levando vocês ao messias para conversar.

- Sim, mas onde ele está? Qual o nome do lugar?

- Ele está na grande Babilônia. Lá é seu quartel general.

- Onde fica essa grande Babilônia?

- Chega de perguntas, garoto! Não interessa onde fica! – Disse outro guarda se aproximando com um pouco de água.

- É melhor ficar quieto, senão vamos ter que te amordaçar.

Nessa hora, o senhor Simon me olhou como que dizendo ser melhor ficar quieto. O voo levou muitas horas. Descemos em outro aeroporto e o ar era bem seco. Havia alguns seres como Abadom que conversavam com alguns soldados, então, nos colocaram dentro de uma sala. Lá havia uma janela e, do outro lado, várias pessoas que ficavam nos observando.

- E aí, Jorge, tudo bem?

- Eu estou e o senhor?

- Estou um pouco dolorido. Estas algemas nos deixam bem desconfortáveis.

- O que será que vão fazer conosco? Por que ficam nos olhando?

- Não é sempre que eles podem ver um extraterrestre.

- Pensam que somos extraterrestres e ficam olhando pra ver se somos diferentes, mas nem ligam pros amigos do Abadom, que têm corpo de cavalo, cabeça de homem e rabo de escorpião.

- Tem razão, Jorge, mas é que eles devem ser bem conhecidos agora.

- O senhor faz ideia de que lugar é este?

- Acredito, Jorge, que estamos no Iraque ou próximo a ele, pois o soldado disse que estávamos indo para a grande Babilônia. Deve ser esse local e, possivelmente, é daqui que sairá toda a ordem pra guerrear contra Israel. A antiga Babilônia ficava no território do Iraque.

- Encontrar com o anticristo era algo que eu nunca tinha imaginado. Só de saber as histórias do apocalipse, já me causava medo. Imagine ser levado para falar com ele.

- Precisamos ficar atentos, Jorge, e tentar dar um jeito de pegar a pedra Alunis de Abadom.

 A porta se abriu e um dos soldados tirou nossas algemas e disse:

- Não tentem alguma gracinha, pois agora serão levados à presença do messias.

Fomos a um grande prédio, lotado de pessoas. Havia um trono todo feito de ouro e, ao lado, estava um homem que parecia carregar uma caixa de ouro. O pavimento superior estava lotado de gente que conversava, causando um grande barulho naquele salão. Foi então que vimos Abadom se aproximando por detrás do trono e se colocando ao lado direito. Logo que entrou, fez um gesto e todos ficaram em silêncio. Um homem, alto e forte, entrou vestindo um terno branco. Ele tinha uma barba bem feita e possuía uma pequena coroa de ouro sobre sua cabeça. Sentou-se no trono e o homem ao seu lado abriu a caixa de ouro e deu para ele o cetro com a pedra de super Alunis na ponta. Ele então olhou para todos e disse:

- Sejam todos bem vindos ao centro da grande Babilônia. Que comecem as questões a serem resolvidas.

Nessa hora, todos se ajoelharam e gritaram em voz alta:

- Salve o grande messias, nosso salvador!

Um homem saiu da multidão, se aproximou e entregou ao anticristo um pequeno papel.

- Muito bem. Quem me pode dizer como está o cerco contra Jerusalém? – Falou o anticristo olhando para o papel.

- Um homem, todo fardado de azul, se aproximou e disse:

- Mestre, estamos esperando apenas a sua ordem para atacar, sem destruir o templo, como o senhor nos pediu.

- Ótimo! Quero estar com vocês na batalha, pois assim que matarmos aqueles rebeldes, vou me assentar novamente naquele trono e iniciaremos uma nova era para o plano mundial. Sabemos da crise e os problemas que esses rebeldes têm causado. Preparem meu veículo. Já avisem os exércitos que estamos indo. A destruição dos judeus vai começar.

- Sim, mestre, estou preparando tudo.

- Me tragam os cinco rebeldes para que mostremos ao mundo o que acontece com os seguidores do falso messias, Jesus Cristo.

Cinco pessoas acorrentadas foram levadas até o anticristo. Ele olhou e disse:

- Vocês são muito idiotas! Como podem continuar sendo fiéis a Jesus, se ele os abandonou no primeiro arrebatamento? Depois de três anos e meio, quando perseguimos e começamos a matar o grupo da igreja e dos Judeus, os quais vocês chamavam de as duas testemunhas, foram abandonados novamente e ainda querem continuar como devotos a Cristo?

Então, um dos homens, que estava preso, se pôs em pé disse:

- Perdemos o primeiro e o segundo arrebatamento por nossa própria culpa, pois no primeiro, não fomos crentes o suficiente e, no segundo, não fomos corajosos para morrer em nome dele. Porém, agora, estamos confiantes que ele nos perdoará.

- A cada dia que passa, eu penso que vocês são verdadeiramente lesos da mente. Como ainda podem confiar em alguém que deixou vocês na minha mão? Ou vocês me adoram, ou conhecerão o meu cetro.

- Não vamos te adorar! Preferimos morrer a te servir.

- Não se preocupem, não. Vou matar vocês e mudar o inquilino desse corpo. – Falou o anticristo rindo sarcasticamente.

As cinco pessoas tentavam se afastar do anticristo, mas os soldados os seguravam com as correntes. Não podíamos fazer nada. Então, o anticristo chamou um dos seus súditos que estava com uma câmera filmando e disse:

- Povo Mundial, estes são mais alguns dos rebeldes. Por causa deles, o mundo está um caos. Vocês se lembram de como eu melhorei tudo? Acabei com a fome e resolvi todos os problemas econômicos. A única coisa que pedi em troca foi adoração a mim. Criei uma religião Universal e, mesmo assim, alguns foram contra, se rebelando e tentando acabar com toda a paz que proporcionei. Por isso, hoje, vocês vão ver o que acontece com os que lutam contra a paz e ao meu governo. Tragam a legião!

Nessa hora, no lado direito do salão, algumas pessoas se retiraram. Então, abriram uma porta e de lá saiu uma pessoa se arrastando pelo chão, parecendo um animal, cheio de pelos e todo sujo. Era puxado por um soldado, que o trazia numa coleira e algemado. Fazia um barulho horripilante, causando arrepios.

Colocaram-no ao lado de uma coluna e o prenderam.

- Muito bem. Hoje, mais cinco sairão daí e irão para aqueles corpos. Como prometido, farei com que deixem de ser espíritos vagantes, para terem corpos. – disse o anticristo pegando o seu cetro e se aproximando do que ele chamava de legião.

Abadom pediu aos soldados que se retirassem. Ele mesmo seguraria as correntes das cinco pessoas. Naquele instante, ele ficou bem de frente para nós.

- Senhor Simon, Abadom está nos olhando!

- Calma, Jorge. Talvez nem se lembre de nós, pois ficou muito tempo preso dentro do portal.

Nesse momento, o anticristo levantou o cetro e apontou para as cinco pessoas. O super Alunis acendeu com uma cor bem verde e atingiu o grupo como um raio, fazendo com que caíssem no chão. Os olhos deles ficaram completamente verdes. Então, ele apontou para o legião e vimos cinco luzes como vagalumes, bem vermelhas, saindo dos olhos do legião, voando e entrando nos do grupo. Eles começaram a se levantar e ajoelhar diante do anticristo.

- Está feito! Podem soltá-los. Agora, vocês podem usufruir o quanto quiserem desses corpos. – disse o anticristo se sentando no trono novamente.

Assim, de uma forma desajeitada, eles se levantaram. Abadom quebrou as correntes com as mãos, soltando-os. Foram levados para fora do salão por um grupo de soldados.

- Próximo assunto! – Gritou o anticristo.

Arrastaram-nos até o centro do salão. O anticristo ficou nos encarando e Abadom estava com um olhar de quem tenta se lembrar. Nessa hora, Eduardo se aproximou e disse:

- Meu grande messias, estes dois vieram em uma nave espacial que está ao lado do seu palácio. Estavam no Brasil e conseguimos capturá-los, enquanto tentavam fugir. Eles mataram dois zumbis com uma vara mágica que não encontramos.

Abadom deu um brado forte:

- Estes dois eu conheço, eram de Akmelon. Foram eles que tiraram o super Alunis de mim. E tem mais: este garoto arrancou um dos meus dedos! Deixe-me acabar com eles.

- Calma, Abadom, vamos descobrir o que vieram fazer aqui e o que querem, depois você conversa pessoalmente com eles. Cheguem mais perto, vocês não me são estranhos.

Empurraram-nos mais pra frente. Abadom respirava muito forte, dava pra sentir o seu hálito fedendo.

- Quem são vocês?

- Sou Simon e ele é o Jorge.

- Ei, espere, Jorge e Simon! Não acredito! Agora estou me lembrando. Quanto tempo faz? Uns seis milhões de anos? Os viajantes do tempo. Não, espera, a gente se encontrou no Egito há alguns anos e vocês queriam o meu cetro.

- A gente se conhece? Você é o Lúcifer? – Perguntei.

- Em carne e osso agora, Jorge! – Ele falou se aproximando de mim.

- Graças a vocês, consegui pegar este cetro e, agora, pelo que vejo, trouxeram a máquina do tempo pra mim. Imagine as possibilidades. Posso voltar no tempo e modificar tudo. – o anticristo falou indo em direção a uma janela de vidro, de onde dava pra ver a nave.

- Senhor Simon, ele acha que a nave é a máquina do tempo. – Sussurrei ao senhor Simon.

- Sim, Jorge, mas vamos deixá-lo pensar assim.

- Vocês a modificaram? Da última vez que a vi era meio redonda e pequena. Gostei do design, ficou bom!

- Mestre, o senhor deve estar enganado. Eles são Tekins e eram do meu planeta, roubaram o super Alunis de mim.

- Não, Abadom, é que, com esta nova nave do tempo, eles conseguem viajar para outros mundos. Por isso você os encontrou no seu planeta. Não estou certo, Jorge? - O anticristo falou isso dando um empurrão com o cetro, me fazendo cair perto de Abadom.

- Vai, moleque, se explique antes que eu te mate. – Falou Abadom, bem próximo de mim.

- Vou te falar, Abadom, o seu bafo ainda tá pior do que nas terras de Akmelon. E, outra coisa, quem te viu e quem te vê. Lá, você era o rei que mandava e desmandava e aqui, você é capacho do "calça curta", faz tudo que ele manda.

- Ele tem o super Alunis. Foi por causa dele que saímos do portal, no qual você e seu companheiro nos prenderam por longos milhares de anos. Devo, e sou, servo do grande messias. Não se preocupe, logo vocês também serão, pois ele utilizará seus corpos.

- Sim, Abadom, mas antes, precisamos saber como funciona aquela máquina. Se arrancarmos a alma deles, não teremos como viajar no tempo. – Disse o anticristo.

- O que faremos então?

- Faça o seguinte: eu não suporto esse garoto, ele sempre me irrita. Simon é o construtor da nave, ele é quem sabe como tudo funciona. Sendo assim, não precisamos do Jorge. Levem o Simon para a prisão e o garoto para a arena. Lá, você poderá trucida-lo, e, assim, teremos um exemplo para os outros.

Todos gritaram de alegria. O senhor Simon foi arrastado pelos soldados e Abadom olhou para mim e disse:

- Hoje, eu me vingo de você! Vou acabar com a tua raça.

Todos começaram a se retirar e não consegui ver pra onde levaram o senhor Simon. Os soldados me arrastaram para o lado de fora e andamos alguns metros. Dava pra ver uma grande arena, com várias arquibancadas. Entramos por uma porta que dava para um corredor todo escuro, com um cheiro terrível e saímos dentro da arena. Assim que me soltaram das algemas, vi que não tinha como fugir daquele lugar. As paredes eram bem altas e só havia duas portas: uma por onde eu vim e outra do lado oposto, por onde sairia Abadom. As pessoas começaram a se sentar e, em pouco tempo, toda a arquibancada estava lotada. Nesse momento, tudo passava na minha cabeça, pensava em como poderia fugir.

Capítulo 7

Abadom contra Jorge

- Atenção! Iniciaremos a batalha de Abadom contra Jorge. – gritava um homem, de cima da arquibancada, próximo de uma pequena tenda, com um trono, onde possivelmente se sentaria o anticristo.

Então, a outra porta se abriu e Abadom saiu com toda a sua imponência. Ele devia ter uns três metros de altura. Estava com uma proteção sobre os seus lombos e um capacete na cabeça. O anticristo se sentou no trono e gritou:

- Vamos começar a batalha! Quero que filmem e transmitam para todo o mundo. Isso não vai durar dois minutos. Só uma pisada de Abadom destruirá o Jorge. Mas para mostrar que sou um homem justo, vou dar uma espada a cada um.

Jogaram uma espada para mim que caiu sobre a areia. Peguei e era um pouco pesada. Não fazia a menor ideia do que fazer, nunca tinha lutado com espada.

- Abadom, por favor, acabe logo com esta batalha. Precisamos ir à Jerusalém e destruir aquele povo maldito.

- Pode deixar, mestre, será bem rápido. – Falou Abadom pegando uma espada e me encarando.

O anticristo levantou a mão e tocaram uma buzina. Abadom veio correndo em minha direção. Comecei a pensar em como poderia vencê-lo. Ele veio de um lado e corri para o outro. Era bem rápido. Levantou voo para me atacar de cima, só que suas asas levantaram uma grande poeira e, dessa forma, não conseguia me ver. Golpeava o ar com a espada.

- Você morre hoje, seu moleque! Apareça e lute! Não fique fugindo.

Ele deu um golpe com a espada e só deu tempo de saltar para trás. Ela passou raspando sobre a minha cabeça e percebi que caiu um pouco do meu cabelo. Como ele não conseguia me enxergar, parou de bater as asas e a poeira foi se assentando.

- Agora é o seu fim! – Ele falou isso com a espada em punho.

Assim que me viu, correu em minha direção. Consegui escapar e passar por detrás dele. Percebi que ao tentar se virar, ele demorava um pouco mais, pois sem bater as asas ficava mais lento. Novamente, veio na minha direção e me joguei por baixo de suas pernas de cavalo. Passei a espada, cortando uma parte de sua cocha, e acabei levando um coice nas costas que me jogou longe.

- Vou te destruir, garoto. Você teve sorte dessa vez, mas agora será o seu fim.

A multidão vibrava gritando a favor de Abadom, mas agora ele já andava com um pouco mais de dificuldade. Quando se virou pra mim, percebi a pedra de Alunis presa em seu pescoço. Como estava olhando a pedra, ele me golpeou, batendo na minha espada e jogando-a para longe. Ele me segurou com uma das mãos e me enforcava. Levantou-me próximo ao seu rosto e disse:

- Olhe para mim, garoto, pois será a última coisa que verá antes de morrer.

Estava quase sem ar, mas consegui pegar a pedra de Alunis e a enfiei em seu olho. Ele me soltou e cai no chão, próximo à espada.

- Seu maldito! Vou arrancar sua cabeça e comer o seu cérebro.

Passei por baixo de suas pernas e consegui atingir sua barriga com a espada. Ele deitou no chão dando um brado bem forte. Levantei e arranquei a pedra do seu olho. Ele gemia de dor. Coloquei a pedra dentro do meu bolso para usá-la na nave.

- O que é isso? Abadom, se levante! Acabe com ele! – Gritava o anticristo.

Abadom gemia e não levantava. Foi então que o anticristo levantou o cetro e apontou para ele. Saiu um raio em sua direção fazendo que se restaurasse e levantasse sem qualquer ferimento.

- Por essa você não esperava, garoto. Ele tem o poder de restauração. – disse Abadom.

- Vocês estão de brincadeira comigo. Isso aí já é demais.

Ele avançou sobre mim, mas consegui rolar para o lado. Levantei e corri. Escutava os seus cascos batendo no chão e se aproximando. Então, me virei e corri ao seu encontro. Percebi que ele esperava que, novamente, eu me jogasse ao chão indo debaixo de suas pernas. Fiz o movimento de como quem fosse jogar. Ele abaixou me dando a oportunidade de segurar em sua asa e de pular sobre suas costas. Quase me pegou com suas mãos, quando consegui me apoiar sobre sua couraça. Virei, passando a espada sobre o seu pescoço, e, num só golpe, arranquei-lhe a cabeça que bateu no chão rolando. Houve um silêncio completo na arena.

- O quê? Você arrancou a cabeça dele? Parem de transmitir isso! Agora não é mais possível restaurar Abadom. Soldados, peguem esse rebelde e acabem com ele. – Falou o anticristo saindo revoltado com alguns dos seus súditos.

Abriram-se ambas as portas e uma quantidade enorme de soldados vieram em minha direção. Como ainda estava sobre o corpo de Abadom, percebi que dava pra tentar pular sobre o muro e dar um jeito de subir. Consegui me jogar e me apoiei com as mãos sobre o muro. Aos poucos, fui escalando com os pés até chegar à parte de cima. Então, os soldados começaram a atirar. Algumas balas bateram na parede, quase me acertaram. Porém, os tiros não me deixaram calcular corretamente e pulei. Caí em pé e senti uma dor terrível. Consegui correr em direção a uma pequena viela e saí para um corredor. Percebi que muitos estavam saindo da arena e seguindo em direção ao palácio. Escondi-me atrás de umas caixas de madeira e ficava pensando em como encontrar o senhor Simon, pois não fazia a menor ideia de onde o tinham colocado. Alguns soldados começaram a correr próximo ao lugar eu estava e tentei me esconder mais por entre as caixas. Percebi que no fundo havia uma porta de ferro e fui até lá agachado. Ela estava aberta e dava pra um corredor. Entrei e percebi que o lugar estava cheio delas. Conseguia ouvir algumas conversas e ver uma porta entreaberta. Entrei por ela e vi uma sala cheia de armários que mais parecia um vestiário. Em um dos lados, estava uma senhora pegando algumas roupas no chão. Ela me viu e disse:

- Está bem atrasado, meu filho, todos os seus amigos já se arrumaram e foram para o avião. É melhor você se apressar. Os uniformes estão naqueles pedestais. Pelo seu tamanho, deve ser pequeno. Pegue os do terceiro pedestal.

Ela achava que eu era algum soldado, mas pensei que seria uma boa me trocar e colocar o uniforme de soldado. Fui ao pedestal que ela tinha me falado.

- Pode deixar! Vou me trocar. – Falei pra ela.

A senhora voltou para retirar as roupas que estavam no chão e entrei em uma das baias com o uniforme na mão para me trocar. Peguei as pílulas que deveríamos tomar quando chegássemos em Marte, o anel de Nara e a pedra de Alunis, que ainda estavam no meu bolso, e coloquei-os no uniforme. Pus o boné e me olhei em um espelho. Até que fiquei bonito de uniforme vermelho. Peguei a minha roupa antiga e coloquei dentro de um balde cheio de roupas e saí.

- Você não vai pegar sua arma? – Falou a senhora me apontando um armário que estava aberto.

- Sim, claro! Estava me esquecendo. – Falei.

- Esses jovens de hoje andam com a cabeça flutuando. Quero ver quando chegarem na minha idade.

Peguei um cinturão e nele havia uma pistola pequena e algumas munições. Como nunca havia pegado em uma arma, não fazia a menor ideia de como usá-la. Saí daquela sala e, no corredor, um soldado me olhou e perguntou:

- Já viu se o garoto está aí dentro?

- Já! Só vi a faxineira. – Respondi.

- Deixa a dona Zenir saber que você a chama de faxineira. Ela vai parar de lavar suas roupas. Vamos seguir em frente e vasculhar todo este prédio.

- Sim, senhor, mas penso que ele pode querer se encontrar com o velho que veio com ele. – Falei para o soldado.

- Bem pensado, soldado! Como é seu nome? Você é dessa última turma?

- Sim, senhor, sou soldado James. – Respondi com o primeiro nome que veio na minha cabeça. Como estava disfarçado, nada mais justo que *James Bond.*

- Então, soldado James, faça o seguinte: vá para aquele lado direito, até o fim do corredor. Na última sala é onde deve estar o velho. Se o garoto estiver por lá, mate-o. Eu vou seguir para outro lado. Caso não encontre o garoto, fique por lá, até segunda ordem. Acredito que ele vá tentar se aproximar do velho. Entendido?

- Sim, senhor! – Respondi.

Nessa hora, o rádio do soldado o chamou:

- Clemente, está na escuta?

- Sim, estou! – Ele respondeu.

- Parece que o garoto foi visto no pátio exterior. Alguns acreditam que ele está tentando chegar à nave. Por isso, a nave será deslocada para o Armagedom. O messias mandou que retirem o velho e levem-no até o avião.

- Ok! Já estou pedindo para levá-lo.... James, pegue o velho e leve-o até o avião. Tome a chave.

- Sim, senhor, vou buscá-lo! – Respondi.

- Vou tentar localizar o garoto. Sendo assim, depois nos encontramos no avião!

Nessa hora, o soldado saiu pelo outro lado e eu segui em busca do senhor Simon. Dava pra escutar o helicóptero sobrevoando o prédio. Acredito que estavam levando a nave para o Armagedom. Cheguei à última porta, coloquei a chave e consegui abri-la. A sala era bem escura.

- Senhor Simon?

- Jorge, é você?

Ele veio, me abraçou bem forte e disse:

- Graças a Deus, Jorge, fiquei aqui pedindo a Deus por você. O que aconteceu?

- Senhor Simon, não dá tempo pra falar tudo. Vamos dizer que o Abadom perdeu a cabeça e virei um soldado do calça curta. Então, eles estão esperando que eu te leve até o avião, pois acabaram de transportar a nave para o Armagedom.

- O que? Armagedom?

- Isso mesmo! Agora, precisamos sair daqui e achar um jeito de irmos até lá.

- Como você virou um soldado?

- Peguei umas roupas e eles acham que sou soldado James. Mandaram te levar até o avião.

- Se a nave vai até o Armagedom, quer dizer que o Anticristo acha que pode haver algum problema na guerra e será possível viajar no tempo para modificá-la, e vai precisar de mim pra isso.

- Sim! E, por falar nisso, estou com a pedra de Alunis.

- Ótimo, Jorge! Vamos fazer como eles querem: você continua disfarçado e me leva até o avião. Assim, iremos até o Armagedom e conseguiremos pegar a nave.

- O senhor quer que eu te leve ao avião para podermos ir até o Armagedom? E se descobrirem?

- É o único jeito, Jorge. Se escaparmos daqui, como vamos chegar ao Armagedom?

- Tem razão, mas é loucura.

- Sim, porém precisamos chegar até a nave.

- Está bem! O senhor vai à frente, eu vou com a arma apontada e te levo até o avião.

- Você já mexeu com armas antes?

- Nunca, senhor Simon!

- Então, muito cuidado com ela.

- Pode deixar.

Assim, fui levando o senhor Simon e acabamos saindo no pátio exterior. Um dos soldados me chamou e pediu para que o seguisse, juntamente com o senhor Simon. Havia um "corre-corre" de todos os lados pelos soldados. Acho que estavam me procurando.

- Vamos levá-lo até o avião. Vou com você, pois é possível que aquele garoto apareça pra pegar esse velho. - Disse o soldado.

- Obrigado! – Respondi.

- Você acredita que aquele garoto teve a capacidade de arrancar a cabeça de Abadom? – Disse o soldado que me acompanhava.

- Você viu o que aconteceu? – Perguntei.

- O garoto é fantástico. Ele conseguiu pular de um jeito que nunca vi. Até hoje, ninguém havia conseguido derrubar Abadom na arena. Agora, todos os filhos dele estão preocupados.

- Não imaginavam que isso poderia acontecer, não é?

- Cara, o moleque deve ter super poderes por ser de outro mundo.

- Acredito que sim! Devemos ficar atentos.

- Com certeza. Esse aí deve ter também.

- Acredito que não. Por ser velho e acabado, deve estar fraco.

- O soldado riu e seguiu à frente.

Fomos até o avião. Havia vários soldados próximo ao avião e entrei junto com o senhor Simon. Um homem que estava de uniforme azul me olhou e disse:

- O coloque sentado nesta poltrona e o prenda com as algemas. Você fica ao lado dele e de olho para que não tente fugir.

- Pode deixar! Estarei de olho! – Respondi.

Levantamos voo e seguimos viagem até o Armagedom. Nessa

hora, ouvi o soldado de roupa azul falando com o anticristo pelo rádio e dizendo que estávamos levando o senhor Simon. O anticristo disse que era pra levá-lo até ele, pois iriam começar um combate contra a Jerusalém.

- Jorge, da próxima vez que me chamar de velho acabado, vou te deixar um mês limpando a sujeira da oficina. – Disse o senhor Simon sussurrando.

- Desculpe! Eu estava apenas tentando ser um soldado do mal.

- Quando pousarmos, a gente vai precisar ir junto até a nave.

- Eu sei, senhor Simon, vou fazer o possível pra ficar ao seu lado.

Depois de algum tempo, chegamos a um lugar deserto. A poeira tomava conta do lugar, acho que devido às turbinas do avião. Assim que descemos, um grupo começou a puxar a nave para fora do avião. Ela foi colocada sobre uma plataforma com rodas.

- Soldado, algeme este velho dentro da nave, em algum lugar que ele não tenha como escapar. O messias irá logo encontrá-lo. – Disse o soldado de roupa azul.

Peguei o senhor Simon e levei até lá. Havia vários soldados retirando a nave. A porta estava aberta, assim subimos e entramos.

- Jorge, agora é a hora. Não há ninguém aqui.

- É verdade! Deixe-me te soltar. Vou colocar a pedra de Alunis e vamos partir.

- Graças a Deus! Vamos rápido, antes que entre alguém.

O senhor Simon sentou-se em uma das poltronas da nave e colocou a trava de segurança. Eu pus a pedra que estava no meu bolso dentro do compartimento do Alunis e me sentei esperando a nave ligar automaticamente.

- Vamos partir, senhor Simon.

- Parece não funcionar, Jorge. Você colocou no lugar certo?

- Sim, no mesmo local.

Fui até o compartimento e a pedra estava lá. Nada acontecia, então, peguei a pedra e chacoalhei. Voltei-a no lugar, mas nenhum sinal.

- Ela deve estar descarregada, Jorge!

- Não é possível. Ela muda de cor quando está descarregada.

- Você não é tão esperto, Jorge! Essa pedra é falsificada. Acredita que eu daria uma pedra de Alunis para Abadom? – Disse o anticristo entrando na nave com vários soldados.

- Quer dizer que ela é falsa? – Perguntei.

- É claro! Eu a criei de uma pedra comum. Não existe mais pedra de Alunis, só essa que guardo embaixo do meu cetro. – Disse ele abrindo a parte de baixo do cetro e me mostrando a pedra.

Ele deu sinal para os soldados me prenderem.

- Não o machuquem! - disse o senhor Simon.

- Esse garoto é muito esperto, conseguiu enganar todos os meus soldados.

- E você consegue se passar por messias, enganando o mundo todo.

- Não fale assim, garoto. Vindo de você é até um elogio. Todos sabem que sou bom. Para demonstrar a minha misericórdia, não vou te matar, pois posso usar seu corpo pra outros fins. Os meus servos vão gostar de usar um corpo tão novo.

- Jamais permitirei que um demônio entre em mim!

- E você acha que tem escolha? Mas, agora, o que mais me interessa é como funciona esta nave. Vá, me diga Simon. Essa sua máquina funciona com a pedra de Alunis?

- Sim, ela precisa da pedra.

- Por sorte, ainda tenho esta pequena. Se for o caso, ainda tenho a super Alunis. Assim que eu liberar o corpo do Jorge, poderei usá-la e viajar no tempo muitas vezes, pois a super Alunis tem uma carga quase que infinita.

- Então, vamos lá! Coloque a pedra no compartimento e vamos viajar! – Falei isso imaginando que de alguma forma poderíamos ir até Marte e, lá, o anticristo não conseguiria sobreviver sem o oxigênio, enquanto eu e o senhor Simon sobreviveríamos tomando os comprimidos.

- E você acha que vou te levar? Com esta máquina temos muito tempo. Antes de tudo, quero que vocês vejam a destruição dos judeus em Jerusalém. Depois vamos dar uma modificada no tempo, só o Simon e eu.

Ele saiu e fomos levados junto. Depois de uma longa caminhada, chegamos a um lugar onde estava uma multidão enorme de soldados armados. Na frente, estavam os companheiros de Abadom semelhantes a ele. O anticristo subiu em um palanque feito em cima de um caminhão, ficamos na parte de baixo, e ele começou a falar:

- Meus filhos, hoje findará a batalha contra nossos inimigos, esses judeus que tanto nos perturbaram por milhares de anos, será o fim deles. Assim que os destruirmos, Jerusalém será a capital do mundo e daqui governaremos com todo o poder. Tudo isso será diferente e vocês terão tudo o que quiserem. E, por falar nisso, eu sei que vocês, filhos de Abadom, estão tristes com a morte dele e querem vingança. Aqui está o assassino.

Eles me pegaram e fui colocado ao lado do anticristo. Nessa hora, os filhos de Abadom gritaram furiosos.

- Faremos o seguinte: aquele que matar o maior número de judeus poderá fazer o que quiser com ele. – Disse com a multidão gritando a sua volta várias vezes que messias é o rei.

- Você não disse que iria usar meu corpo pros seus demônios, calça curta?

- Nunca gostei desse apelido, Jorge, e você sabe muito bem que não dá pra confiar no pai da mentira.

- O que o leva a crer que o seu plano dará certo? Deus pode muito bem acabar com tudo. – Falei.

- É isso que você não entende. Se Deus fizer isso, irá contra a sua Palavra e eu venci. E, quanto mais tempo tenho, mais pessoas mando ao inferno. Colocarei lá essa raça tão frágil que Ele ama tanto. – Ele disse isso me empurrando para descer do caminhão.

- Você faz tudo isso por questão de orgulho? – Falei.

- Claro! Sou melhor que qualquer criatura feita por Ele. Agora, imagine com a máquina do tempo. Posso mudar os planos, ir até o nascimento do filho Dele e, dessa vez, matar o bebê, acabando com o natal.

- Você nunca irá conseguir!

- Veja a batalha e sua opinião mudará. Você verá!

- Nunca.

- Levem os dois ao monte. Os deixem amarrados por lá. Quero que tenham uma bela visão da batalha. Todos irão admitir que sou o messias e serei adorado no planeta. Tudo voltará a ser como antes.

Fomos colocados em um carro e levados até um alto monte. Ficamos amarrados debaixo de uma grande árvore seca. De lá dava pra ver toda a cidade. Havia milhares de soldados bem armados e os filhos de Abadom estavam bem próximos dos muros de Jerusalém. Era possível ouvir a oração dos judeus em hebraico.

- Agora estamos numa situação bem complicada, senhor Simon.

- Acho que os judeus estão piores, Jorge.

- Tem razão. O que podemos fazer?

- Ainda não sei, mas vamos esperar. É possível que estejamos no momento em que Jesus voltará à terra para reinar.

- Como assim?

- Segundo as Escrituras, quando os Judeus estiverem em seu maior aperto, Jesus virá e colocará os seus pés sobre o monte das oliveiras.

- Mas acho que Ele deve vir logo, pois os filhos de Abadom estão derrubando os muros. Por mais que os soldados atirem, não faz muita diferença pra eles.

- Tem razão, Jorge!

Nesse momento, começou uma grande batalha. Fumaças tomavam conta de tudo, por causa das bombas. Havia gritos de desespero, junto com clamor, barulho de tiros e bombas. De longe, o anticristo só assistia e ria de tudo. A situação estava ficando cada vez pior. Os soldados que nos vigiavam estavam com um pequeno celular e assistiam a batalha por um noticiário. Lá era relatado que a batalha era, de um modo geral, no mundo todo. Todos estavam lutando contra os judeus e os cristãos.

- Senhor Simon, isso é uma guerra mundial?

- Sim, Jorge, ele centralizou a batalha aqui, no maior símbolo do povo judeu e o mundo todo está lutando pra eliminá-los e também os cristãos.

- Que horrível! Desse jeito, o anticristo vai vencer...

Uma angústia tomou conta de mim e comecei a chorar ao vê-lo comemorando e muita gente morrendo, sendo torturada. Até mesmo crianças eram pisoteadas como um lixo qualquer. Ninguém tinha amor ou compaixão. Era terrível ver aquilo tudo acontecendo.

- Jorge, olhe! A batalha parou!

- Como assim?

Todos pararam como estavam. Um som alto de uma trombeta tocava e parecia tomar conta de todo o lugar. Muitos começaram a olhar para o alto. Uma luz vinha do céu. Aos poucos, começamos a ver um grande exército de branco e um ser totalmente lindo. Seu semblante era maravilhoso e estava descendo em grande velocidade. Então, o anticristo ficou de pé, gritando e gesticulando para que as armas fossem apontadas para este exército do céu. Assim começaram a atirar, não houve dano algum. O ser de grande beleza desceu próximo a umas árvores, onde havia se juntado muitos judeus tentando fugir dos soldados e dos filhos de Abadom. Quando este ser tocou o chão, houve um terremoto gigantesco, separando a terra em duas partes. Muitos soldados e alguns dos filhos de Abadom caíram e foram mortos. Os Judeus conseguiram escapar. O exército que vinha do alto começou a lutar contra o exército do anticristo e, quando tocava nele, parecia derretê-lo em poucos segundos. Então, o ser que abriu a terra deu um brado tão forte que um vento saiu de sua boca e o mesmo tomou conta do lugar e aonde chegava. O exército foi destruído totalmente e quando me virei para os soldados que nos vigiavam, eles pararam olhando a o vento chegou até onde estávamos. Para nós era uma brisa suave e fresca, mas para os soldados, derretia seus olhos e, aos poucos, os desfazia até se tornarem pó.

- Que foi isso?

- É Jesus que voltou com os seus santos e venceu a batalha, Jorge!

- Veja, senhor Simon, o anticristo foi pego e está amarrado. Dois dos santos estão o levando para aquele ser.

- Aquele ser é Jesus, Jorge.

- E agora? O que vamos fazer? Precisamos sair destas cordas.

Houve outro som de trombeta. Então, o exército começou se espalhar pelos céus e voar em alta velocidade.

- Acho que esses foram cuidar das outras batalhas do mundo, Jorge.

- Quando poderíamos imaginar que presenciaríamos a volta de Cristo? Agora, só uma coisa me incomoda, senhor Simon.

- E o que seria, Jorge?

- Se a volta de Cristo está acontecendo bem depois do nosso tempo, será que somos um desses seres? Ou não?

- Que coisa, Jorge, não havia pensado nisso.

- Se estamos nessa turma, deveríamos nos lembrar do que passamos aqui e vir nos soltar.

- Que paradoxo! É bem lógico! Olhe, Jorge, um deles vem vindo para cá.

- Quem será? Eu ou o senhor?

Esse ser tinha asas e, ao pousar, veio em nossa direção.

- Olá, meus amigos. Lembra de mim, Jorge?

- Gabriel?

- Isso! Vim aqui para soltá-los e levá-los até a nave.

- E cadê nós?

- Vocês estão aqui, Jorge!

- Não, Gabriel, é que o Jorge acha que deveríamos estar no meio desse exército, já que estamos em um tempo bem depois do nosso. É possível que tenhamos morrido, ou mesmo participado do arrebatamento. Assim, poderíamos nos encontrar aqui.

- Entendi. Acontece que Jesus delegou tarefas ao seu exército e cada foi fazer aquilo que foi determinado. Caso vocês estejam nesse exército, pode ser que tenham ido atender algum outro povo.

- Como assim: "se estivermos"? Podemos não estar?

- Entendi, Gabriel, o que você quer nos dizer. Só dependerá de nós, pois cada um traça o seu destino. Entendeu, Jorge?

- Mais ou menos.

- Vou tentar explicar, Jorge: É que podemos, ou não, estar aqui. Se virmos nós mesmos sendo parte desse exército, podemos pensar que já está determinada a nossa salvação e, quando voltarmos, talvez relaxemos com a vida espiritual. Dessa forma, acabaremos por não aparecer aqui, ou seja, o futuro pode ser alterado de acordo com o que faço no presente.

- Isso mesmo, Simon! - Disse Gabriel nos soltando das cordas.

Depois de nos soltar, ele nos pegou pelas mãos e saímos voando. De cima, dava pra ver a imensidão de destruição que havia em todo o lugar. Muitas pessoas estavam mortas e feridas. Havia muita fumaça e fogo nos carros e casas. Gabriel nos deixou em frente à nave e disse:

- Esperem aqui! Já volto.

- Senhor Simon, o senhor viu o estrago que foi feito em todo o território do vale do Armagedom?

- Sim, Jorge, mas dê uma olhada no céu.

O céu já começava a clarear, as nuvens escuras estavam se dissipando e muitos corvos estavam sobrevoando.

- Olhe a quantidade de corvos.

- Eles vão se alimentar dos corpos mortos do exército do anticristo. Essa será a primeira limpeza no planeta.

- Então, à partir de agora, Jesus reinará durante mil anos, senhor Simon?

- Sim, Jorge! Agora, a vida será diferente. Haverá um governo excelente trazendo a vida de volta ao planeta.

Gabriel chegou com o cetro do anticristo na mão, duas mochilas e disse:

- É o seguinte: Jesus disse pra vocês utilizarem a pedra de Alunis pra ligar a nave e partir.

- Nós não podemos falar com Jesus agora? – Perguntei.

- Nesse momento, Jesus está preparando o lago de fogo para a besta e o falso profeta. Lúcifer será aprisionado no abismo. Então, ele pediu pra dizer à vocês que voltem e façam o que é certo, pois quer vê-los no final do Milênio.

- Final do Milênio? Mas hoje está iniciando. O que Ele quis dizer com isso, Gabriel? – Perguntei.

- É que ele quer que vocês sejam fiéis. Assim, vocês poderão chegar ao final do Milênio.

- Entendemos, Gabriel. Só mais uma pergunta: E quanto ao super Alunis? Perguntou o senhor Simon coçando a cabeça.

Gabriel abriu a parte debaixo do cetro, entregou a pedra ao senhor Simon e soltou a super Alunis da parte de cima. Com uma força incrível, esmagou-a com suas mãos, tornando-a pó.

- Pronto! Não precisam mais se preocupar. – Disse Gabriel limpando as mãos.

- E quanto aos demônios? – Perguntei.

- Serão lançados no lago de fogo à partir de hoje. – Respondeu Gabriel.

- O mundo será transformado!

- Sim, senhor Simon, mas sabemos que daqui a mil anos, Lúcifer será solto novamente.

- Tem razão, Jorge, mas, até lá, viver aqui será algo muito bom. – Falou o senhor Simon.

- Vocês precisam ir. Quando chegarem lá, usem estas roupas espaciais para andar em Marte. – disse Gabriel nos abraçando.

- Que legal, Gabriel, seremos astronautas agora. Onde você pegou as roupas?

- São de uma tal de NASA, Jorge. Ela vai proteger vocês da radiação e da atmosfera de Marte.

- Obrigado, Gabriel. Até uma próxima oportunidade!

- Sim, Simon. Boa viagem pra vocês!

Gabriel saiu voando. Então, entramos na nave e colocamos a pedra de Alunis no local indicado. Ela começou a fazer barulho e a porta se fechou.

- Iremos a Marte, Jorge!

- Será que demora?

- Não sei como é o funcionamento dela. Espero que seja rápida, pois não trouxemos alimentos e nem água.

- É verdade!

Sentimos a nave se levantar e todos os painéis se acenderam, iluminando tudo. Aos poucos, ela foi pegando velocidade e, ao olhar pela janela, já estávamos no espaço. Vimos a lua passar próximo a nós. Quando olhamos pra terra, ela já não era mais azul, estava toda amarronzada. Acredito que a poluição e a destruição do meio ambiente causou toda essa cor. Também, com Lúcifer reinando, as coisas tendiam apenas a piorar.

- Jorge, acho que vou tirar um cochilo. Talvez, demore um tempo até chegarmos. – Disse o senhor Simon se acomodando na cadeira onde estava.

- Eu também vou dormir.

Capítulo 8

O Plano B

Escutamos um barulho forte e acordamos. Bem na nossa frente estava um homem vestido com roupa de astronauta e apontando uma arma para nós.

- Acho que chegamos, meus amigos. Vocês devem estar se perguntando quem sou eu. Bem, sou um amigo de Lúcifer e pode se dizer que sou o plano B. Caso algo desse errado, eu deveria dar um jeito de vir até aqui e levar o Simon comigo em uma viajem no tempo para mudar as coisas e frustrar os planos divinos.

- Mas o Lúcifer está preso. Não tem como você mudar isso! – Disse o senhor Simon.

- Eu sei disso. Porém, posso evitar que Cristo morra na cruz, ou até mesmo que ele nasça. Dessa forma, as profecias não se cumpririam e Deus cairia em contradição. Tudo deixaria de existir e Lúcifer venceria.

- Ô, seu besta, e o que você ganha com isso? – Perguntei.

- Lúcifer me prometeu a imortalidade.

- Hipoteticamente falando, se realmente você conseguir mudar o curso da história, tudo vai deixar de existir, segundo a sua teoria, estou certo? Falou o senhor Simon se levantando.

- Certo! E daí?

- Me explique como você terá a imortalidade se deixar de existir?

- Ele vai trazer minha vida de volta, pois com as mudanças, ele será deus. Chega de falar! Vá, Simon, prenda o Jorge com estes fios e coloque a roupa. Vamos viajar no tempo e Jorge será um morador eterno de Marte.

- Me desculpe, mas só vou ligar a máquina se Jorge for conosco. De outra forma, morreremos todos aqui. – Disse o senhor Simon.

- E como ele vai? Se existem duas roupas somente, ao abrir aquela porta, ele ficará sem oxigênio. – Falou o homem.

- Não se preocupe, eu tenho a solução. Jorge, ponha o traje e eu uso os comprimidos dos Engads. – O senhor Simon disse isso já me trazendo o uniforme.

- O que é esse comprimido de Engads? – Falou o homem

- Isso é uma longa história. Não se preocupe, tudo dará certo. – Falei.

- Como é seu nome? – Perguntou o senhor Simon.

- Eu me chamo Charles. Sou da raça aprimorada de Lúcifer.

- Aprimorada? Como assim? – Perguntei.

- Fomos criados em laboratórios e colocados em barrigas de aluguel. Assim, geneticamente, sou mais perfeito que qualquer humano.

- Ele não te fez perfeito, te fez submisso, por isso ainda o serve. – Disse o senhor Simon tomando uma das pílula que passei pra ele.

- Calem a boca! Vamos sair daqui e encontrar essa máquina.

Terminei de colocar a roupa, retirei a pedra de Alunis e a porta automaticamente se abriu. Então, entrou uma poeira vermelha no interior da nave. O senhor Simon colocou um lenço sobre o nariz e começou a respirar. Ao sair de lá, tudo era deserto. Havia areia e pedra por toda parte. Era totalmente diferente de quando estivemos na primeira vez.

- Veja, Jorge, lá na frente! Parece aquela caverna onde ficava o abrigo A-15. – falou o senhor Simon apontando para um buraco quase todo coberto de terra.

- Devemos seguir por aquela direção. Demos muita sorte de a nave pousar aqui. – Falei.

- Acredito que ela estava programada para encontrar o antigo abrigo e evitar que os soldados de Abadom a pegassem.

- Vamos logo! Não podemos perder tempo. – disse Charles irritado e apontando a arma.

Fomos caminhando. O lugar estava totalmente deserto, quase nem dava pra reconhecê-lo.

- Vai ser difícil encontrá-la. Não consigo identificar o lugar. – falei.

- Calma, estou ligando o localizador. – falou o senhor Simon, mexendo no relógio.

- Precisa ser logo, pois o nosso oxigênio é limitado. – falou Charles irritado.

- É logo ali! Temos que subir aquele morro. Há uma pequena abertura ali. – Disse o senhor Simon correndo com agilidade pra subir.

A roupa nos atrapalhava bastante. Além do peso, não havia tanta mobilidade. Como o senhor Simon estava com a pílula, ficava muito mais fácil. Ele foi o primeiro a chegar e começou a retirar as pedras da frente da pequena abertura. Uma delas quase acertou o Charles, acredito que tenha sido até de propósito.

- Se tentar isso de novo, eu te mato! – Gritou Charles revoltado.

- Foi sem querer! Se me matar, morreremos todos neste lugar. – Falou o senhor Simon já meio ofegante.

- O senhor está bem? – Perguntei ao senhor Simon.

– Acho que está me faltando ar.

- A pílula deve estar perdendo o efeito, já que a atmosfera está bem pior que antes. Tem outra no seu bolso, senhor Simon, pegue aí!

O senhor Simon começou a perder os sentidos e se agachou. Então, subi o mais rápido que pude e mexi nos seus bolsos até achar a pílula. Fiz com que ele a engolisse.

- O que você está fazendo? – perguntou Charles.

- Estou dando a outra pílula. Se não, ele morre e ficaremos aqui pra sempre.

Em poucos segundos, o senhor Simon voltou a respirar.

- Obrigado, Jorge! Precisamos tirar essas pedras para entrarmos.

- Deixa comigo! - disse Charles.

Ele colocou a arma no chão e começou a retirar as pedras como se fossem isopor. Para ele, não parecia haver peso algum.

- Eu não disse que sou perfeito? Tenho uma força descomunal. – Charles falou isso pegando a última pedra.

- Interessante. O Calça-curta te fez bem forte, dá pra ver, mas esqueceu de colocar inteligência nessa sua cabeça.

- Por que? Quem é Calça-curta?

- Jorge está falando do Lúcifer.

- Por que pouca inteligência?

- Simples, Charles, você tem uma força incrível e utiliza uma arma pra nos ameaçar.

- Lúcifer disse que vocês teriam medo da arma. – falou Charles pegando novamente a arma e nos apontando.

- Aí está a prova de que ele te fez apenas para seguir as ordens sem questionar. – Falei.

- Fiquem quietos e entrem aí! – disse Charles nos empurrando pra dentro da caverna.

Estava bem escuro. Somente a claridade de fora, que entrava por uma abertura, iluminava o lugar. Passamos por uma outra e nos arrastamos até chegarmos do outro lado. A escuridão era total. Peguei a pedra de Alunis do bolso e, com sua cor meio azulada, já dava pra ver a máquina toda empoeirada e desligada.

- Será que ainda funciona, senhor Simon? – Perguntei.

- Vamos tentar ligá-la! – o senhor Simon abriu a máquina e tentou apertar o botão de acionamento, mas nada aconteceu.

- E agora? Precisamos sair daqui. Minha roupa já está aquecendo e o oxigênio acabando. – falou Charles preocupado.

- Percebi que a minha roupa também está aquecendo e tem uma luzinha vermelha piscando no capacete. – Falei.

- Jorge, me dá a pedra de Alunis, vamos tentar colocá-la dentro do compartimento de urânio, pois a pastilha enriquecida já não deve ter mais nenhuma radiação, pelo tempo que aqui ficou.

Ele pegou a pedra e abriu uma porta embaixo da máquina. Dentro dela, havia uma caixa com um símbolo de radiação. De lá, ele retirou uma pequena peça de metal que deveria ser o urânio. No lugar dele, ele colocou a pedra de Alunis e, quando fechou o compartimento, tudo ficou escuro novamente. Deu pra ouvir um chiado da máquina. As luzes do painel ascenderam e já iluminavam um pouco o ambiente. O senhor Simon apertou o acionamento da máquina e os faróis ligaram, tudo ficou claro. Começamos a sentir falta de ar e uma buzina começou a tocar no capacete.

- Vamos! Entrem logo! A máquina só libera o oxigênio depois de fechada. – Disse o senhor Simon entrando na máquina.

Mais que depressa, entramos e fechamos a máquina. Percebemos pelo som que o oxigênio estava entrando. Foi possível tirar o capacete, mas não a roupa por causa do espaço e Charles, por ser grande, ocupava quase todo ele.

- Bem, agora vamos voltar no tempo, na era em que esse tal Jesus nasceu. – disse Charles colocando a arma na cabeça do senhor Simon.

- Está certo, mas, antes, preciso saber em que ano estamos pra irmos até lá. – Falou o senhor Simon.

- Hoje, estamos no ano trinta e três do Messias. – falou Charles.

- Eu preciso saber pelo calendário antigo. Seria 2040 ou 2073 depois de Cristo? – Falou o senhor Simon.

- Não existe data antes do messias Lúcifer. Os anos anteriores foram esquecidos, pois só havia tristeza. Por isso, o mundo iniciou com o nascimento dele. – falou Charles todo orgulhoso.

- E agora? Como vamos precisar o tempo? – perguntei.

- Já sei! Vou colocar uma data qualquer. Assim, viajaremos em algum tempo e, lá, descobrimos em que ano estamos e acertamos os cálculos. – Falou o senhor Simon já ligando a máquina.

Fechei os olhos e a luz foi intensa. A máquina quase não fez barulho e parou. Assim que abri, estávamos em um campo bem verde. Algumas pessoas estavam colhendo frutas de árvores e, ao nos virem, saíram correndo.

- Droga! Não consigo enxergar nada, a minha vista dói. – disse Charles esfregando os olhos.

- Você não fechou os olhos? – Perguntei.

- Ninguém me avisou que era pra fechar!

Vi que a arma estava caída no chão. Peguei, coloquei debaixo do acento e saímos da máquina.

- Precisamos encontrar alguém para perguntar onde estamos. Só falta estarmos em Marte ainda. – Falei pro senhor Simon.

- Não se preocupe. Acho que logo nos encontrarão. Com certeza não estamos em Marte, veja a Lua. – disse o senhor Simon com um sorriso no rosto.

- O que você fez? Onde estamos? – perguntou Charles apalpando as coisas e tentando sair da máquina.

- Estamos no final do milênio. Como Charles nos disse que o ano era 33, eu coloquei na máquina 1033 à frente e viemos parar no final do milênio. Mudei as coordenadas para voltarmos à Terra.

- Então, foi por isso que Jesus falou para nos encontrarmos no milênio? – Perguntei.

- Sim. Quando estávamos na máquina, percebi que seria a melhor data. Dessa forma, o Charles poderá se encontrar com seu velho amigo, o Lúcifer. - Falou o senhor Simon se afastando da máquina e vendo o Charles cair.

- Se Lúcifer descobrir que não consegui executar o plano, ele vai me matar. – Charles tentava se levantar.

- Não se preocupe. Daqui uns dois dias, você volta a enxergar. Falo de experiência própria. – Falou o senhor Simon.

Nessa hora, uma pessoa de branco veio como que voando e chegou até onde estávamos.

- Vocês são Jorge e Simon?

- Sim. Quem é você? – Perguntei.

- Sou Juliana. Eu vim para levá-los até ao Rei. Ele deseja falar com vocês.

Um veículo, puxado por cavalos, se aproximou da gente. Era uma carroça toda trabalhada em madeira. Uma pequena porta se abriu e uma pessoa nos chamou para entrar.

- Mas e o Charles? Ele está sem enxergar temporariamente. – Falou o senhor Simon apontando para o Charles.

- Não se preocupe, cuidaremos dele. – disse Juliana.

Entramos na carruagem e uma pessoa, sentada na parte de cima, guiava os cavalos, enquanto outra nos esperava dentro.

- Entrem e fiquem à vontade. Eu sou Sebastian e vou levá-los ao Rei.

- Muito prazer em conhecê-lo, Sebastian. Eu sou Simon e ele é o Jorge.

- O prazer é nosso. É uma grande satisfação recebê-los em nosso tempo, espero que gostem daqui. – Falou Sebastian segurando a nossa mão.

- Nos fale, como está a vida por aqui, Sebastian? – Perguntou o senhor Simon.

- Hoje, temos uma vida excelente. O nosso Rei tem comandado tudo da melhor forma possível. Os santos, como a Juliana que vocês conheceram, têm trabalhado muito, pois a reconstrução do planeta levou muito tempo. Tivemos que transformar as armas usadas na guerra em ferramentas de trabalho. Tudo que causava poluição, ou danos à saúde, foi destruído. Desde então, o mundo passou a ter mais qualidade de vida. – disse Sebastian todo feliz.

- Quer dizer que a vida se tornou simples e tranquila? – Perguntei.

- Isso mesmo. As pessoas estão vivendo muito mais. Quantos anos vocês acham que eu tenho? – disse Sebastian.

- Talvez uns... quarenta? – Falou o senhor Simon.

- Quarenta é idade de criança. Eu tenho quatrocentos e trinta anos. Nasci quando tudo já estava melhor. Ainda existem pessoas que participaram do começo da restauração.

- Entendi. Então todos devem estar felizes! – Falei.

- Bem, ainda existem alguns que não concordam com a administração, acham que deveria ser diferente. Há pessoas que não querem compartilhar o que têm, querem ser melhores que os outros. Esses são chamados de "Rebeldes" e vivem tentando fazer a cabeça do povo. Quando alguns aprontam, são julgados pelos santos e, depois, condenados. Olha que os santos dão todo o tempo do mundo para se arrependerem e mudarem de opinião. Vocês podem dar uma olhada pela janela, vejam como é a vista deste lugar. Antes, isso era um deserto.

Do lado de fora, havia muitas plantas, árvores frutíferas e muita gente trabalhando e conversando. Ainda foi possível ver crianças brincando nos campos, velhos sentados nas praças, mas não vimos carros ou motos, somente cavalos, camelos e carruagens pelas ruas.

- Veja, Jorge, uma criança passeando com o leão. – Falou o senhor Simon.

- Sério?

Ao olhar, realmente, uma criança caminhava e, ao seu lado, estava um leão que era quase o dobro de seu tamanho.

- Que loucura! Parece que estou vendo aquelas revistas desenhadas sobre o paraíso. – Falei.

- É o paraíso na terra, Jorge. – Disse o senhor Simon.

- Pelo que imagino, agora todos são vegetarianos. Não existe mais matar um animal para comer, não é? - Falou o senhor Simon mudando de lugar para ver do outro lado.

- Os Rebeldes ainda fazem isso, mas é proibido. Muitos já atacaram bois ou cabras para comer. Eles são sanguinários. Bom, já estamos chegando. – Disse Sebastian dando sinal ao que guiava a carroça.

Havia um belo jardim e, no centro, um grande castelo todo feito de pedra. Um pequeno rio passava por debaixo da escadaria da entrada e, ao descermos, dava pra ver uma variedade de peixes, pois as águas eram muito claras e límpidas.

- Vocês podem entrar e aguardar no saguão. Logo alguém atenderá vocês. – disse Sebastian.

Entramos pela porta do castelo, o salão era enorme. Havia muitas pinturas nas paredes que mostravam a vinda de Jesus e dos seus santos, a batalha do Armagedom e a restauração do planeta.

- Olhe, Jorge, que belas pinturas, parecem até reais!

- Sim, parece até estar em 3D.

Enquanto conversávamos, alguém vestido de branco e vermelho, com pulseiras e um colar de ouro se aproximou.

- Jorge e Simon, meu nome é Samara. Irei acompanhá-los até seus aposentos para que possam tomar um banho, vestir roupas limpas e, assim, almoçar com o Rei.

Ela nos levou até um quarto gigantesco. Havia duas camas de solteiro. O teto era pintado mostrando as estrelas e os planetas. Tomamos um banho bem quente e o sabonete tinha um cheiro extraordinário, nunca havia sentido. Colocamos as roupas que nos deixaram. Elas eram feitas de lã, bem macias. Finalmente, tive a oportunidade de tirar o uniforme vermelho. Coloquei o anel da Nara no bolso da roupa de lã. Sinceramente, foi um alívio poder me limpar e vestir roupas limpas. Recebemos duas sandálias que pareciam de borracha, mas muito confortáveis nos pés. Assim que o senhor Simon tomou o banho, deitou na cama e, em poucos segundos, estava roncando. Fui até a janela e vi, do lado de fora, um jardim enorme, cheio de frutas e muitos pássaros voando, algumas pessoas sentadas debaixo das árvores conversando. Ao olhar bem a frente, vi um prédio gigantesco. Pelo que enxergava, era revestido de ouro e lembrava os desenhos que um dia eu vi do templo de Salomão. Do lado de fora, havia muita gente, mas, de onde eu estava, pareciam formiguinhas. Samara entrou com uma bandeja com o que parecia ser um suco e dois copos.

- Pelo jeito, o senhor Simon já dormiu.

- Sim! Ele está muito cansado.

- Entendo. Vocês podem descansar. Quando der o horário, venho chamá-los. Para que possam se refrescar um pouco, trouxe este suco. Espero que gostem!

- Obrigado, Samara!

Ela saiu e experimentei o suco. Parecia ser de frutas variadas, mas o sabor era realmente fantástico. Logo após o suco, me deitei e dormi também.

Capítulo 9

O Rei Davi

Acordei e parecia que tinha dormido o dia todo, meu corpo doía. O senhor Simon estava na janela, admirando a paisagem.

- O senhor tomou o suco?

- Jorge, que suco delicioso. Você viu o templo lá na frente?

- Sim, achei lindo! O senhor reparou que não existem montanhas nesta região?

- Isso era uma profecia de Zacarias. Ele disse que quando Cristo reinasse, todos os montes seriam aplainados. Sendo assim, agora tudo é plano. Tudo o que vemos aqui são profecias bíblicas registradas pelos profetas.

- É uma oportunidade fantástica estarmos vendo as profecias serem realizadas.

- É verdade, Jorge. Venha ver uma coisa.

Fui até a janela e vi que dos céus descia uma nave e a mesma pousava ao lado do templo. Ela era enorme. Muitas pessoas a rodeavam e não dava pra ver mais nada.

- O que será aquela nave?

- Boa pergunta, Jorge!

No mesmo momento, chegou a Samara e nos falou:

- O Rei deseja que vocês almocem com ele. Por favor, me sigam.

- Acho que teremos a respostas com Jesus, senhor Simon!

- Com certeza, Jorge.

Entramos em um corredor e andamos bastante, pois o castelo era enorme. Muitas pessoas estavam passando por lá.

Samara parou e nos apontou uma porta que estava aberta. Ao entrarmos, vimos uma mesa enorme, cheia de frutas e legumes, toda enfeitada de flores e, ao redor dela, três cadeiras.

- Podem sentar-se. Esperem o Rei chegar para almoçar.

Ela fechou a porta e podíamos ouvir um som de harpa e flautas tocando uma melodia bem suave e muito boa. Enquanto sentávamos, uma outra porta se abriu e um homem todo de branco com uma coroa na cabeça entrou. Seus cabelos e barba eram bem ruivos.

- Meus amigos, Jorge e Simon, é um prazer conhecê-los.

- Você não nos conhece? – Perguntei.

- Claro que não. Ouvi falar muito de vocês e quis conhecê-los de perto.

Ele veio, nos abraçou bem forte e pediu para sentarmos.

- Então você não é Jesus? – Perguntei.

- Não, imagine. Ele é o Rei dos Reis e eu sou apenas um servo.

- Você é o Rei Davi? – Perguntou o senhor Simon.

- Sim, sou eu mesmo. – disse ele se sentando na cadeira que ficava na cabeceira da mesa.

- Você é o Davi que matou o gigante Golias?

- Esse mesmo! – Falou ele sorrindo.

- Isso mesmo, Jorge, agora faz todo sentido. Davi reina sobre todas as tribos de Israel e Jesus é o Rei Soberano do mundo. Existem outros reinos?

- Sim, Simon, existem milhares. Alguns cuidam de pequenos grupos de pessoas, outros de cidades, outros de grandes países e por aí vai.

- Em apocalipse está escrito que alguns seriam separados como reis e outros como sacerdotes. – Falou o senhor Simon todo empolgado mordendo uma maçã.

- A Profecia tinha que se cumprir. Existem sacerdotes no mundo todo que levam pessoas a adorarem ao Senhor Jesus. Eles fazem cultos em casas, cidades e em grandes lugares. Cada representante de família deve vir todo ano ao templo levar as suas oferendas e adorar a Deus. Disse Davi descascando uma mexerica enorme.

- É por isso que tem tantas pessoas naquele templo? Jesus está lá?

- Sim, Jorge, noite e dia, de portas abertas, atendendo a todos.

- É possível que alguém não vá adorá-lo? – Perguntei.

- Muitos acham que é um absurdo ter que vir até Israel, principalmente aqueles povos que odiavam os Judeus. Acabam sofrendo as consequências por não receberem a bênção e passam por dificuldades como a falta de chuva, plantio ruim e aí, no outro ano, voltam rapidinho.

- Vimos uma nave descer ao lado do templo, o que seria? – Perguntou o senhor Simon comendo uma salada que havia acabado de temperar.

- Aqueles são os Tekins que vieram da constelação Carione. Todo ano, eles vêm adorar o Rei dos Reis. Assim como eles, os outros povos do nosso Universo aguardam a restauração Universal que será feita em breve, quando todos estaremos unidos em um só grupo, no Novo céu e na Nova Terra.

- Quer dizer que os seres de outros universos vêm até aqui para adorar ao Reis dos Reis? – Perguntei.

- Não, Jorge, estamos falando dos seres do nosso universo. Eles, sim, vêm adorar. Agora, nos outros universos existentes, cada um vive no seu tempo e passa pelas provações até o dia em que todos alcancem a mesma plenitude que nós. Quando isso vier a acontecer, poderemos estar com eles e eles conosco. – disse Davi tomando um vinho.

- Que loucura. Dá até um nó na cabeça!

- É verdade, Jorge. O problema é que crescemos tendo um pensamento egoísta, achando que somos únicos no universo e saber que existem outros seres e universos nos assusta bastante.

- É bem isso mesmo. Contudo, esse assunto já foi esclarecido quando presenciamos as bodas do Cordeiro e tivemos a oportunidade de entender tudo. Agora, só nos falta uma coisa. – Disse Davi limpando a boca.

- O que falta? – perguntei.

- Conhecer o Pai!

- Seu pai?

- Não, Jorge, ele está falando de Deus Pai.

- Como assim?

- Assim, Jorge, nós conhecemos a Jesus, o criador de todas as coisas, depois, conhecemos o Espírito Santo, o qual esteve na terra ajudando e sendo o consolador. Agora, quando tudo se findar e vier o julgamento final, todos os seres que forem puros poderão contemplar o Pai, face a face. – Disse Davi todo emocionado.

- Entendi.

- Bem, a conversa está muito boa, mas vou pedir que tragam a máquina de vocês para o castelo. Dessa forma, vocês poderão retornar sem problemas. – Davi falou isso já se levantando e indo em direção à porta pela qual entrou.

- Jorge, quanto conhecimento adquirimos aqui.

- Eu não sei você, mas minha cabeça está doendo pra digerir tanta informação.

- Percebi! Você não comeu nada.

- Não consigo comer quando tem muita coisa pra pensar.

- É bom que coma, Jorge, pois logo partiremos.

- E não veremos a Jesus?

- Acho que ele tem muita gente pra atender, Jorge. Tem seres até de outras galáxias para vê-lo.

- Tem razão.

Capítulo 10

Final do Milênio

Fomos avisados por Samara que não deveríamos sair do castelo. Algo ruim havia acontecido, mas ninguém nos disse o que era. Nos levaram até a torre do castelo e, de lá, era possível ver o templo e toda a área em volta.

- Por favor, não saiam daqui! Aguardem até que tudo tenha se resolvido. – Disse Samara toda ofegante.

- O que está acontecendo? – Perguntou o senhor Simon.

- Me parece que a antiga serpente está de volta, juntamente com os rebeldes. Eles estão vindo para cá com grande violência e todos os santos estão se reunindo em volta do templo.

- Não se preocupe. Ficaremos aqui, com toda a certeza, até que tudo acabe.

Ela saiu e fechou a porta.

- Estamos presos?

- Acho que é por segurança, Jorge, pois se o Lúcifer foi solto e souber que estamos aqui, vai tentar pegar a máquina de novo.

- Será que conseguiram buscar a máquina?

- Não sei dizer, Jorge, mas vamos olhar da janela e ver o que está acontecendo.

Pela janela, vimos que todas os portões tinham sido fechados.

Muitas pessoas estavam sobre o muro do castelo. Ao redor do templo, podia-se ver uma quantidade enorme de santos, todos de branco. Mais e mais começaram a chegar e cercar o muro por toda a volta da cidade. De onde estávamos, dava pra vê-los em posição de batalha. Muitas pessoas estavam dentro do templo e da cidade. Ao longe, dava pra ver uma multidão que mais parecia milhares de formigas subindo e gritando enfurecidas. Sobre ela, havia uma nuvem bem escura. Na frente da nuvem, dava pra ver Lúcifer com roupas escuras, grandes asas e uma espada na mão. Em baixo, no grupo de pessoas, estava Charles derrubando tudo que via a sua frente.

- É o Charles. Ele está curado da cegueira?

- Acho que Lúcifer deu um jeito nele, senhor Simon.

- Talvez, por ter uma genética modificada, conseguiu enxergar antes.

- O que eu admiro é essa multidão ainda cair nas lábias do calça-curta. Eles o seguem como se fosse um deus.

- Tem razão, Jorge. O mais incrível é que, mesmo ele estando preso, o povo continua sendo rebelde.

- É! Muitos atribuem os pecados ao diabo, mas, na realidade, em muitas situações, ele não tem nada a ver.

Nessa hora, um grande grupo de rebeldes se aproximou do templo. Os santos se enfileiravam como se fossem entrar numa batalha. De repente, houve um tremor de terra. Todos se assustaram e pararam, mas Lúcifer insistia que continuassem. A multidão continuou e começou a cercar o lugar. Os santos não se moviam. Eles pareciam proteger o povo que estava dentro da cidade e do templo. O céu começou a ficar vermelho e do Templo saiu uma luz muito forte que iluminou todo o lugar dissipando as nuvens negras. Desceu fogo do céu e queimou toda aquela multidão de rebeldes que virou pó sobre a terra. A Luz que saiu do templo tinha o formato de um homem e a mesma agarrou Lúcifer pelas asas e levou voando sobre os céus. Ele desapareceu diante dos nossos olhos. Todos comemoraram e fizeram a maior festa.

- Pra onde será que aquela Luz levou o Lúcifer?

- Aquela Luz, Jorge, acredito que era Jesus e levou Lúcifer para o inferno. É isso que está escrito na Bíblia.

A sala onde estávamos ficou toda clara, pois uma luz forte vinha pela janela e aos poucos ia diminuindo. Vimos Jesus a nossa frente.

- E aí meus amigos, Jorge e Simon, pensaram que iriam embora sem me ver? – Disse Jesus na forma em que o vimos pela primeira vez.

Ele nos abraçou forte e passou a mão sobre a minha cabeça despenteando tudo.

- E aí, gostaram do Milênio? Davi explicou tudo pra vocês. Acho que deu pra entender, não é?

- Sim, Jesus, presenciarmos tudo isso foi maravilhoso. Estou sem palavras. – Disse o senhor Simon.

- Ainda falta muita coisa. Muitos mistérios estão por acontecer, mas, quando chegar o momento, vocês saberão. Precisamos restabelecer tudo. – Falou Jesus segurando nas mãos do senhor

Simon.

- Esse foi o fim do calça-curta? – Perguntei.

- Sim, Jorge, depois de muito tempo, ele foi finalizado e recebeu o merecido castigo por tudo que fez. Tenho que voltar ao Templo, encerrar todas as coisas e iniciar o julgamento final.

- Jesus, só me tire uma dúvida.

- Fale, Jorge!

- O senhor sabe me dizer se o Simon e eu estamos aqui como santos?

- Isso eu não preciso responder. Quem sabe a resposta são vocês mesmos! Como amo esse garoto, ele é simples e espontâneo. – Falou Jesus olhando nos meus olhos.

- Senhor, para voltarmos, preciso saber a data em que estamos. – Disse o senhor Simon.

- Simon, não se preocupe com a data. Coloque o número que você quiser e voltarão para o tempo certo. Isso se chama fé.

- Entendi, o Senhor vai providenciar o nosso retorno. – Disse o senhor Simon.

- E poderemos viajar novamente no tempo? – perguntei.

- Só o tempo pode responder, Jorge. O tempo determina o tempo e o seu tempo. – Disse Jesus sorrindo para nós.

- Entendi nada, mas conforme o tempo for passando acho que entenderei, pois tudo tem o seu tempo. – Falei.

- Isso, Jorge, o tempo está determinado e daqui um tempo a gente se vê de novo. Vou te chamar de guerreiro do tempo, pode ser?

- Seria pra mim um privilégio saber que o Senhor me apelidou de guerreiro do tempo.

- Sim, Jorge, pois tem guerreado em todo o tempo! Tenho que ir e terminar as coisas, pois sou o ômega. Fiquem na minha paz!

A luz novamente brilhou intensamente e foi se apagando. A porta se abriu e Samara falou:

- Vocês podem sair. Tudo já foi resolvido. O Rei dos Reis nos salvou dos Rebeldes.

- Acompanhamos daqui. Deu pra ver tudo. – Falou o senhor Simon.

- A máquina de vocês está no pátio atrás do castelo. Eu levo vocês até lá. O Rei disse que vocês precisam partir.

- Sim, Samara, chegou o nosso tempo. – Falei.

- Claro, aqui também está terminando. Segundo o Rei disse, em breve, todos iremos falar com o Rei dos Reis e estaremos para sempre com ele. – Disse Samara descendo as escadas, bem a nossa frente.

- Isso será maravilhoso! Se Deus permitir, a gente vai se ver lá. – Disse o senhor Simon me olhando e sorrindo.

Fomos descendo, acompanhando a Samara. Passamos por várias salas até chegarmos no pátio e vimos a máquina. Ao seu lado estava o rei Davi.

- Meus amigos, em tão pouco tempo nos conhecemos e já terão que partir.

- Essa história de tempo agora vai pegar. Está todo mundo falando disso. – Falei

- Isso mesmo. É uma pena estarem fora do seu e creio que não veem a hora de voltar para lá, não é?

- Sim, Rei, precisamos voltar e fazer o que é certo. Se Deus assim permitir, estaremos aqui com vocês. – Disse o senhor Simon apertando a mão do rei e logo abrindo a máquina.

- Jorge, preciso entregar este pergaminho a você. – Falou o rei Davi me entregando um rolo de couro pequeno em minhas mãos.

- O que é isso?

- É algo que Jesus me pediu para te entregar. Ele disse que você poderá abrir quando voltar e que é para lembrar: "Tudo tem o seu tempo".

- Entendi, Rei, foi um prazer conhecê-lo e, vou ser sincero, amo as suas histórias que estão na Bíblia.

- Obrigado, Jorge. Elas foram escritas como uma lição para que todos possam fazer o certo e não venham cometer os mesmos erros que eu.

- Com certeza, nos ajuda muito. Obrigado por tudo. Até um outro dia.

Ao entrar na máquina, pude observar quatro santos em cima do castelo nos observando.

- Senhor Simon, olhe lá em cima. Quem são?

- Boa pergunta, Jorge, daqui não dá pra visualizar os rostos.

- Eu acho que somos nós e mais duas pessoas lembrando do que passamos aqui.

- E quem seriam as outras duas pessoas?

- Podem ser a Sandra e a Tatuhãna.

- Por que a Tatuhãna?

- Não sei, só acho.

O rei Davi olhou para os quatros santos e sorriu para nós.

- Vamos embora, Jorge.

- Vamos!

A hora que a máquina começou a funcionar, os quatro santos acenaram. Davi se afastou acenando também. Fechamos os olhos e a máquina começou a vibrar e fazer um barulho forte. De repente, tudo parou. Ao abrir os olhos, pude notar que estávamos novamente na casa do senhor Simon.

- Chegamos, Jorge!

- A máquina está soltando fumaça ali atrás, senhor Simon.

Ele correu, pegou um extintor de incêndio e apagou o fogo no compartimento onde estava a pedra de Alunis.

- O que houve?

- A pedra de Alunis fez derreter o compartimento de energia, por isso estava soltando fumaça. Quase acontece um incêndio.

- Que terrível. Ela tem muita força!

- Sim, Jorge, agora vai demorar muito até consertarmos.

- Como não pretendo viajar tão cedo, acredito que agora será bom tirarmos umas férias dessas viagens.

- Tem razão! E a pedra de Alunis? O que o senhor vai fazer?

- Vou guardá-la nesta pequena caixa que tenho.

Olhei no relógio da parede e já eram quase dezoito horas.

- Senhor Simon, nós não voltamos no mesmo horário.

- Tem razão, o tempo acabou sofrendo uma distorção. Veja se ainda estamos no mesmo dia.

- E como vamos saber?

- Ligue a televisão no canal do tempo.

Liguei a televisão e constatei que estávamos na data certa.

- Que alívio, Jorge!

- Alívio? Falta menos de uma hora pro aniversário da mãe da Sandra.

- Vamos lá!

- Assim? Estamos vestidos com a mesma roupa. Não temos nem presente.

Nesse momento, alguém apertou a campainha.

- Quem será agora?

Fui atender a porta e era a Sandra.

- Jorge, fui na sua casa e a sua mãe disse que você tinha ficado fora o dia todo. Imaginei que estaria aqui. Que roupa estranha é essa?

- Entre, Sandra, é uma longa história.

- Não vá me dizer que viajaram de novo.

- Sim, Sandra, por isso estamos com estas roupas.

- Até você, senhor Simon? Essa roupa é muito estranha.

- Eu vou até minha casa me trocar e te encontro lá na festa, senhor Simon.

- Não sei se vou, Jorge, não comprei presente.

- Quanto ao presente, os dois podem ficar sossegados. Eu imaginei que o Jorge não compraria, pois estariam trabalhando. Então, fui à loja e comprei dois presentes que vocês podem dar pra minha mãe.

- Muito obrigado, Sandra!

- Obrigado nada, Jorge, depois você me paga. Está aqui o valor dos presentes.

Ela me passou a etiqueta com o código de barras e o preço.

- O quê, Sandra? Tudo isso?

- Ela merece, Jorge, algo bom e caro.

- Misericórdia! É meu salário inteiro.

- Lembre-se de que é pra sua sogra querida.

- Não se preocupe, Jorge, eu pago a metade.

- Que isso, senhor Simon? O seu valor está aqui! O outro era só o do Jorge.

Ela passou a outra etiqueta para o senhor Simon.

- Sandra do céu, isso é caro demais!

- Eu sei, mas minha mãe merece. Os dois parem de choradeira!

- Está bem, Sandra, eu vou me trocar e já desço.

- Muito bem, senhor Simon, eu vou levar o Jorge na casa dele, pra ele se trocar. O senhor tem alguma capa de chuva pra cobri-lo? Essa roupinha de lã é ridícula.

- Tenho si. Está atrás da porta de entrada. Podem pegar.

- Vamos, Jorge, no caminho você me conta sobre essa viajem.

Coloquei a capa de chuva e fui para casa com a Sandra. Contei tudo que passamos na viajem e, como sempre, cada vez que ela se empolgava na história, me dava um empurrão. Chegamos em casa e minha mãe estava na sala com o meu pai.

- Capa de chuva? O céu está limpo, Jorge!

- É que minha roupa rasgou e peguei essa.

Na hora que tirei a capa de chuva, meu pai cuspiu um pedaço de pão e falou:

- Que isso, Jorge, onde arrumou essa roupa? Na casa de uma idosa?

- Lembrei de quando você ainda era bebê e usava esse tipo de roupa. – falou minha mãe rindo.

- Mãe, vou me trocar e ir com a Sandra no aniversário.

- Acho bom se trocar mesmo, pois com essa roupa vai chamar mais atenção que a aniversariante. – Disse meu pai pegando os pedaços que voaram e colocando em um guardanapo.

- Sente-se, Sandra, e espere o Jorge. Quer comer algo?

- Obrigada, dona Maria.

Subi ao meu quarto e fui me trocar. Assim que tirei a roupa, o rolo de pergaminho e o anel que Nara havia me dado caíram no chão. Quando peguei o pergaminho, lembrei que era pra ler. Abri e estava escrito: 23.801398 e 45.141525. Me perguntei o que era aquilo e pensei que o senhor Simon poderia entender o que significava. Me troquei e, ao pôr o sapato, vi o anel caído no chão. Ao olhar, me lembrei de Nara chorando quando saímos de Luminiares. Nessa hora, Sandra abriu a porta e disse:

- Pronto aí, Noiva?

Fechei a mão e coloquei o anel dentro do bolso da calça.

- O que foi? Está com uma cara triste. O que aconteceu?

- Nada, Sandra.

- Te conheço, Jorge, fiz alguma coisa que te deixou triste?

- Não, Sandra, fica em paz.

- Então, vamos! Minha mãe deve estar ansiosa esperando a gente.

Não falei nada pra ela de Nara, pois como sei que Sandra é muito ciumenta, seria difícil entender que uma lagarta de outro planeta se apaixonou por mim.

Descemos as escadas e minha mãe já estava com sua bolsa. Meu pai ainda sentado no sofá.

- O pai não vai?

Meu pai respondeu apenas balançando a cabeça que não.

- Seu pai está esperando um cliente vir buscar o micro-ondas que consertou. Você sabe que ele não gosta muito de festa.

- Tem razão, mãe. Vamos lá.

Saímos nós três e, no caminho, encontramos a minha mãe Rosa. Depois de abraçar Sandra e minha mãe, ela chegou no meu ouvido e disse:

- Aquele senhor que trabalha com você vai estar na festa?

- O senhor Simon?

- Sim, Jorge, ele é muito simpático.

- Ele vai sim, dona Rosa. Disse pra nós que estaria lá. – Falou Sandra dando uma piscadinha pra mim.

- Gostei de seu vestido, Rosa!

- Gostou, Maria? Depois te passo o endereço da loja. Lá tem um monte de blusas bem baratinhas. Os vestidos são um mais lindo que o outro.

Assim, as duas começaram conversar sobre roupas. Sandra e eu fomos um pouco mais a frente conversando.

- Jorge, acho que sua mãe está caidinha pelo Simon.

- Pare, Sandra, é só amizade. O Simon está apaixonado pela Tatuhãna.

- Até parece! O que você acha que ele vai preferir: Uma que está lá nos cafundós de Judas ou uma que está pertinho, com tudo em cima?

- Ele é velho, Sandra!

- Ele pode ser velho na idade, mas está conservado e dá um show em muito mocinho por aí.

- Viu, você está falando da minha mãe.

- Sim, e acredito que ela tem o direito de ser feliz, já que é viúva. E o Simon é um ótimo partido pra ela.

- Vamos mudar de assunto. Ter duas mães é difícil de assimilar, mas pensar que a dona Rosa pode namorar o Simon é muito pior.

- Vá se acostumando, meu amor. Acho que você vai acabar ganhando um novo pai e eu, mais um sogro. - disse Sandra rindo de mim e me dando uns empurrões.

Capítulo 11

O Noivado

Chegamos na casa e já havia muita gente. No fundo da casa da Sandra, havia um salão bem grande, onde a mãe dela trabalhava com artesanato. Tudo já estava pronto com mesas, bolo e até um DJ fazendo um som no lugar.

- Jorge, espera aqui que vou buscar o presente. – Sandra falou indo até seu quarto.

Minhas duas mães foram e entregaram seus presentes à mãe da Sandra e depois se sentaram. Nisso, o senhor Simon chegou e falou:

- Quase chegamos juntos.

- Verdade! Senhor Simon, sabe aquele pergaminho que o rei Davi me entregou?

- Sei! Você abriu? O que estava escrito?

- Muito estranho. Tinha uma sequência de números.

- Tinha mais alguma coisa?

- Nada. Só havia números.

- Estranho... Você lembra quais eram os números?

- Não vou lembrar!

- Amanhã, leve o pergaminho e a gente tenta decifrar. Viu, a sua mãe Rosa está nos convidando pra sentarmos juntos dela.

- Bobagem. Vamos escolher outra mesa.

- Pare, Jorge, vai ficar chato. Pensarão que estamos desprezando elas.

- Que nada! Elas vão entender.

Sandra chegou com dois embrulhos e entregou um para mim e outro para o senhor Simon.

- Pronto. Vocês podem ir e entregar.

- Obrigado, Sandra, eu não saberia o que comprar pra sua mãe. – disse o senhor Simon indo parabenizar a mãe da Sandra.

- Vamos lá levar o presente de sua mãe.

- Calma, Jorge, deixa o Simon entregar o dele. Vamos escolher um lugar para sentar.

- Acho bom sentarmos bem ali, Sandra, perto do bolo.

- Olhe, Jorge, ele está indo se sentar ao lado da Rosa.

- Droga! Você fica incentivando.

- É claro! Dê uma olhada nos dois. Os olhos do Simon brilham e a Rosa está toda radiante. Sua mãe Maria se tocou e foi pegar salgadinho com a dona Angélica. Ela não quer segurar vela.

 - Sandra, vamos entregar o presente de sua mãe!

- Agora sim, Jorge, vamos lá.

Estávamos indo e o presente era grande. Não dava pra ver o chão onde eu pisava. Foi quando o cachorrinho da Sandra passou no meio das minhas pernas e tropecei. Caí no chão e joguei o presente pro alto. Ela gritou junto com o cachorro. O pai dela, em uma jogada rápida, pegou o presente. Enquanto isso, eu me esborrachei no chão. Foi nessa hora que o anel de Nara saiu do meu bolso caindo aos pés da mãe da Sandra. Ela abaixou e pegou.

- Jorge, você está bem?

- Sim, estou bem, Sandra.

- Quem soltou esse cachorro? – Falou o pai da Sandra colocando o presente junto com os outros e indo atrás do animal.

- Jorge, machucou?

- Não, dona Nandinha, estou bem!

- Mãe, o Jorge ia lhe entregar o presente. A sorte é que o pai pegou, se não, teria estragado tudo.

- Eu vi, Sandra, mas acho que o Jorge tem um presente melhor e não é para mim. Já estou até emocionada. – A mãe da Sandra falou me entregando o anel.

- Vá, Jorge, não dá mais pra manter segredo. Fazer isso no meu aniversário é lindo. Será o meu melhor presente.

- Do que a senhora está falando, mãe?

- Calma, Sandra, o Jorge vai te falar.

- Eu vou falar? O que eu vou falar?

- Sei que você está nervoso, ainda mais com algo tão importante assim.

- O que está acontecendo, meu Bem? – Disse o pai da Sandra com o cachorro no colo.

- O Jorge vai fazer o pedido no meu aniversário. Olhe que lindo!

- Que pedido?

- Fique aqui, Anselmo, deixa o menino criar coragem.

A Sandra ficou me encarando e todos na festa fizeram um círculo em volta. Tentavam ver o que estava acontecendo. Foi aí que eu entendi o que a mãe da Sandra imaginou. Então, como ficaria difícil, naquele momento, explicar alguma coisa, me ajoelhei e levantei o anel em sua direção e disse:

- Sandra, você foi minha amiga desde criança e, quando descobri que te amava, começamos a namorar. Como já faz um bom tempo que namoramos, creio que agora é a hora do meu pedido. Sandra, você quer casar comigo?

A Sandra ficou de boca aberta e com os olhos cheios de lágrimas. Sua mãe e todos que estavam lá ficaram na expectativa da resposta. Seu pai derrubou o cachorro no chão que saiu gritando e ela respondeu:

- Jorge, você é maluco? Como assim hoje? Estou tremendo.

- E aí, Sandra, quer casar comigo?

Ela se jogou em cima de mim, me abraçou e disse:

- Eu te amo! É claro que quero me casar com você. Não consigo viver sem você, meu amor.

Ela me beijou e todos começaram a aplaudir. Muitos vieram nos parabenizar. A minha mãe, Maria das Dores, veio e me abraçou dizendo:

- Eu estou imensamente feliz, mas seu pai vai ficar muito bravo por não saber disso.

- Eu sei, mãe, eu não iria fazer isso hoje. É que tudo foi meio confuso e acabei fazendo o pedido.

- Filho, espero que você seja muito feliz! – disse minha mãe Rosa.

- Jorge, como assim ficar noivo? Você não falou nada.

- Então, senhor Simon, o anel da Nara caiu no chão, bem no pé da Nandinha, e ela supôs tudo. Acabei fazendo o que achei certo. Como estou namorando e amo a Sandra, aproveitei.

- Muito bem! Queria ver você explicar sobre a Nara. – Disse o senhor Simon rindo e indo se sentar com minha mãe Rosa.

- Jorge, olhe, o anel coube certinho.

- Que bom, Sandra, não precisaremos ajustar.

- Esta pedra é linda, parece de outro mundo.

- Tem razão! Que bom que gostou.

Ficamos na festa até a madrugada e minha mãe Maria veio chamar para irmos embora.

- Vamos, Jorge, já está tarde e seu pai deve estar preocupado.

- Está bem, mãe, onde está dona Rosa?

- O Simon a levou embora. Faz algum tempo já.

- Nossa, Jorge, acho que logo terei um novo sogro.

- Pare, Sandra! Ele a levou para não deixá-la sozinha.

- Espero que ele não marque o casamento junto com o nosso. Pensando bem, acho que ia ser bem legal ter meu casamento no mesmo dia da minha sogra e sogro.

- Ai, Sandra, você vai deixar o Jorge todo enciumado. É capaz de brigar com o Simon.

- Que nada, dona Maria, ele vai ficar feliz.

- Acho que as duas já estão sonhando, pois passou da hora de ir dormir. Vamos embora.

As duas riram. Despedi-me da Sandra, agora minha noiva, e fomos embora para casa.

Capítulo 12

A Ilha dos Búzios

Após uma longa noite, finalmente estava dormindo na minha cama e travesseiro. Percebi o quanto é bom estar em casa. Olhei no relógio e já era quase dez horas, então meu pai entrou pela porta e disse:

- Jorge, feche a oficina pra mim, pois vou levar sua mãe ao médico, ela não está passando bem.

- O que aconteceu?

- Acho que comeu alguma coisa na festa e quando levantou, começou a vomitar.

- Pode deixar, pai, eu fecho a oficina. Hoje vou à casa do senhor Simon e, de lá, eu te ligo pra saber da mãe.

Levantei e desci as escadas. Minha mãe estava sentada na cozinha e com as mãos sobre a cabeça.

- Vamos, Maria, o médico deve estar esperando.

- Mas e o café do Jorge? Eu não fiz.

- Ele se vira, mulher!

- Não se preocupe, mãe, eu como alguma coisa aqui e depois tomo café lá no senhor Simon.

- Não saia daqui sem comer, Jorge.

- Sim, mãe, pode ir cuidar da sua saúde.

- Eu acho que foi aquela coxinha que comi e não caiu bem.

Meu pai a levou para o carro e eles saíram. Fechei a oficina, comi um pedaço de bolo que estava na geladeira e fui até a casa do senhor Simon. Ao entrar, ele estava sentado no computador.

- Jorge, peguei a arma do Charles que havia ficado embaixo do banco da máquina e estava fazendo uma pesquisa sobre ela. Você acredita que existe um protótipo na internet de uma semelhante feita na Rússia?

- Sério? Irão fabricá-la?

- Ainda não. Segundo este site, ainda vai demorar muito, pois a ideia é que ela seja capaz lançar um raio que perfure metais, porém, ainda não é possível armazenar a energia suficiente para fazer isso.

- Senhor Simon, isso significa que logo eles descobrem essa tecnologia e, com isso, estamos bem próximos do anticristo.

- É verdade. A data que viajamos na grande tribulação não está distante de nós, só não temos como precisá-la.

- Deixa isso quieto, senhor Simon, já passamos muita tribulação pelo meu gosto.

- Trouxe o pergaminho?

- Está aqui comigo!

Passei o pergaminho para ele. Era como se estivesse entregando um doce pra uma criança. Rapidamente, começou a olhar, calcular e pesquisar.

- Senhor Simon, posso tomar um café?

- Claro, Jorge, está em cima da mesa.

- Prefere o café do Egito ao da sua mãe certo?

- É que ela passou mal e meu pai a levou ao médico. Acho que foi algo que comeu ontem na festa.

- Imagino. Hoje também não levantei muito bem, já tomei até um remédio para passar o mal estar. Mas também, foi tanta coisa que comemos ontem. Espero que ela melhore.

Peguei um café e fui até a sala da máquina. Vi que o lado da área de energia já estava todo desmontado.

- O senhor já desmontou as placas derretidas?

- Dei uma adiantada. Vamos ter que comprar algumas outras peças e tentar adaptar de um modo mais correto a pedra de Alunis. Dessa forma, teremos energia pra um bom tempo.

- Jorge, venha aqui, estou achando que estes números são coordenadas de latitude e longitude.

- Sério? Onde se localiza?

- O computador está buscando. Vamos ver onde vai parar.

Nessa hora, o computador mostrou uma pequena ilha.

- É a ilha dos Búzios.

- O senhor conhece?

- Ela fica próximo à Ilhabela. Não é muito distante daqui. O que será que tem lá?

- O senhor acha que devemos ir lá?

- Com certeza, por isso recebemos essas coordenadas. Tenho um amigo que é mergulhador e tem uma escola lá perto. Vou ligar pra ele e pedir pra irmos até lá.

- E o que o senhor vai falar pra ele?

- Vou dizer que queremos conhecer a ilha e fazer trilha por lá.

Sandra chegou bem naquela hora e bateu na porta.

- Oi, Sandra!

- Jorge, o que aconteceu com sua mãe?

- Ela foi ao médico, pois estava passando mal.

- Será que tinha alguma coisa estragada na festa?

- Não sei, Sandra. Como você ficou sabendo?

- A dona Lurdes, que mora na sua rua, disse lá no mercado que seu pai estava carregando ela nos braços e saiu com o carro em alta velocidade.

- Nossa, Sandra, esse povo inventa, hein?!

- Ela foi andando até o carro. A Brasília do meu pai não passa de quarenta quilômetros por hora.

- Imaginei que ela estava exagerando, mas, me diga como ela está.

- Vou ligar pro meu pai. Só um minuto.

Liguei pro meu pai e ele disse que minha mãe já estava bem. O médico havia dado um remédio e feito alguns exames, logo iriam voltar. Contei pra Sandra e ela voltou pra casa para ajudar sua mãe. Marcamos de nos encontrar em casa à noite pra assistirmos um filme. Ajudei o senhor Simon com a máquina até final da tarde.

- Jorge, consegui falar com meu amigo e marquei de irmos neste final de semana para ilha de Búzios. Se você quiser convidar a Sandra, será um belo passeio e meu presente de noivado.

- Obrigado, senhor Simon, vou falar com ela. Creio que não será problema, quantos dias serão?

- Acredito que ficaremos lá apenas um dia, pois é perto. Dá umas duas horas de viajem de carro.

- Que bom, assim os pais dela deixarão. Se tivesse que dormir por lá, com certeza não permitiriam.

- Ótimo! Confirme com ela e me avise. Assim, já deixo certo com meu amigo.

Cheguei em casa e minha mãe estava deitada no sofá da sala, coisa muito rara de se ver. Maria das Dores sempre foi uma mulher ativa e nunca para.

- E aí, mãe, como foi no médico?

- Ele me deu um remédio que está me dando muito sono. Seu pai foi levar os resultados dos exames. Ele já volta.

- Ele deixou a senhora sozinha?

- Que nada! A Sandra e a Rosa estão aí cuidando das coisas. Devem estar na cozinha.

Sandra chegou com um prato de sopa. O cheiro estava muito bom.

- E aí, meu noivo, tudo bem?

- Que cheiro gostoso é esse?

- Sua outra mãe e eu fizemos uma sopa de legumes. Você quer um pouco?

- Quero!

- É, Jorge, pelo jeito, a Sandra vai continuar te tratando bem. Essa é a nora que eu esperava pra você.

- Obrigada, Dona Maria, fico lisonjeada com isso.

- Bem, eu vou tomar um banho e já desço. Assim, eu e minhas três mulheres podemos assistir ao filme.

- Vai sonhando, Jorge, hoje eu tenho um compromisso.

- Ué, Dona Rosa, vai sair com o namorado?

- Pare, Sandra! Ainda estamos nos conhecendo.

- Quem é ele, mãe?

- Vou ir jantar com o Simon.

- Não acredito, mãe, ele te convidou pra sair?

- Na realidade, quem convidou pra sair fui eu. Ele ficou meio ressabiado e acho que é por tua causa, filho. Você tem alguma coisa contra a gente sair?

Nesse momento, a Sandra e a minha mãe Maria das Dores me olharam como que dizendo: *"se você falar algo contra isso, nós te matamos"*.

- Não, mãe, a senhora e o senhor Simon são adultos. Creio que darão certo um com o outro.

- Que bom, Jorge, fico feliz em ouvir isso. Acho que ele também ficará.

- Por falar nele, vamos viajar pra ilha dos Búzios neste final de semana. Ele perguntou se você gostaria de ir, Sandra. Segundo ele, seria um presente de noivado. Vamos ir e voltar no mesmo dia.

- É claro que quero! Assim, podemos passear juntos. Creio que meus pais não vão se opor.

Subi tomar um banho e me arrumei. Minha mãe Rosa saiu e foi se encontrar com o Simon. Quando voltei para sala, minha mãe já estava no segundo prato de sopa.

- Jorge, que delícia de sopa. Você tem que comer.

- Pelo que estou vendo, já te fez bem, Dona Maria.

- É claro, Jorge, a comida da norinha faz a sogra ter saúde.

- Isso não é o que diz muita gente por aí, Sandra.

- Jorge, eu não tenho culpa se as pessoas não amam as sogras. Eu amo as duas.

- Estava brincando.

Tomei a sopa e realmente estava uma delícia. Sentamos para assistir ao filme. Minha mãe, no meio do filme, se levantou e foi fazer pipoca.

- Acho que ela está melhor.

- Sim, quando vai pra cozinha, com certeza já está boa. Obrigado por cuidar dela, Sandra.

- De nada, meu fofo.

Perdemos uma parte do filme para nos beijarmos. Tivemos até que voltar para entender o que havia se passado na cena.

- Agora me fale, Jorge, essa história da viagem tem alguma coisa a ver com aquela história do planeta... Como é mesmo o nome... Jamelão?

- Sandra, é Akmelon, planeta Marte.

- Que seja! Tem alguma coisa a ver?

- Bem, na realidade, sim.

- Como assim? Por que vamos ir a uma ilha?

- Quando estávamos no futuro, o rei Davi me entregou um pergaminho. Ele disse que Jesus o tinha me enviado e eu só poderia abrir quando chegasse aqui.

- E lá falava da ilha?

- Na realidade, tinha uns números e o senhor Simon entendeu que seria a latitude e longitude da ilha dos Búzios.

-O que será que tem lá?

- Não fazemos ideia, Sandra, por isso iremos pra lá. Segundo o senhor Simon, a ilha é muito bonita.

Minha mãe entrou trazendo uma vasilha enorme de pipoca.

- Pelo jeito vocês não estão gostando do filme.

- Por que, mãe?

- Estão de bate papo. Nem estão olhando a televisão.

- Estamos conversando sobre ir para a ilha de Búzios.

- O Jorge está dizendo que ela é muito bonita.

- Acredito que vocês vão se divertir muito por lá.

Voltamos a ver o filme novamente e, quando terminamos de assistir, meu pai chegou.

- Olha, Maria, o médico disse que precisamos ir lá amanhã cedo, pois quer falar com nós dois sobre o resultado.

- Por que será, Chico?

- Não sei, Maria, ele não quis me falar.

- Será que é alguma coisa grave?

- Não, Mãe, acho que o médico só quer vocês dois para falar o resultado.

- Se não tivesse nada, Jorge, ele teria dito ao seu pai.

- É melhor não ficar pensando nisso agora, Maria, amanhã a

gente conversa com ele. – Disse meu pai sentando no sofá todo pensativo.

- Também acho que a senhora não deve pensar assim, dona Maria, pois não resolve nada.

- Eu sei, Sandra, é que agora o médico me fez perder o sono.

- Não deve ser nada, mãe. Não precisa se preocupar. Deixa tudo nas mãos de Deus. Preciso levar a Sandra embora, tudo bem?

- Pode ir, Jorge, mas não demore muito.

- Pode deixar, dona Maria, não vou segurar ele muito tempo.

- Eu sei, Sandra. O problema é que o Jorge esquece o tempo quando está com você.

Saímos de casa e fomos em direção à Praça do Chafariz. Faz mais de quatro anos que o chafariz não funciona, pois, segundo a história de alguns, roubaram a bomba de água e assim ficou. Essa praça é muito bonita, sempre tem casais de namorados e aposentados sentados batendo papo. Quando estávamos atravessando a praça, encontrei com o meu tio Fred que empurrava o carrinho de gêmeos e a minha tia Fábia ao seu lado.

- E aí, Ruela, quer dizer que fica noivo e nem avisa a gente?

- Oi tio, desculpa não avisar, é que foi de repente.

- Pare, Fred, deixa o menino. Fiquei muito feliz por vocês, espero que logo nos convidem pra padrinhos.

- Será um prazer, dona Fábia. – Disse Sandra já se abaixando pra ver a Ana e o Pedro.

- Vou te dar de presente um telefone, Jorge, assim, quando for fazer algo semelhante, pode nos ligar e avisar.

- Desculpa, tio.

- Ele está brincando, Jorge. Quando ele me pediu em casamento, só minha irmã ficou sabendo. O pai dele queria matá-lo depois de saber.

- Fábia! Não se fala dessas coisas na frente dos outros.

- Então, pare ou conto o que aconteceu no nosso casamento que te fez atrasar para chegar.

- Chega, Fábia! Parei de falar.

- Essa eu quero saber, tia.

- Quando você casar, te conto.

- Nem pensar, Fábia, isso é segredo.

- Chega de zoar com o Jorge.

- Tranquilo! O Ruela vai casar e quero ver o terno que vai usar. É tão magro que terá que fazer sob medida.

- Fred!

- Está bem, Fábia, brincadeirinha.

- Estão passeando com os bebês?

- Sim, Sandra. Quando os dois começam a chorar, ninguém aguenta. É só sair passear que logo pegam no sono.

- E aí, como estão seus pais, Jorge?

- Estão bem, tio. A mãe teve um mal-estar e foi fazer alguns exames. O médico quer conversar com os dois amanhã.

- A Maria deve estar nervosa, se bem a conheço.

- Sim, dona Fábia. Acho que nem vai dormir hoje.

- Conheço aquela mulher, Sandra. Ela é bem ativa, mas se souber que tem alguma doença, ela se acaba.

- Acho que não deve ser nada, tia.

- Se Deus quiser, Jorge, amanhã vou dar uma passada lá.

- Precisamos ir, tia, a gente se vê amanhã.

- Até mais, Ruela. Parabéns pelo noivado, Sandra.

- Obrigada, Seu Fred.

Nos despedimos e levei a Sandra até sua casa. Fomos conversando sobre o resultado do exame amanhã, sobre casamento e tudo mais.

Capítulo 13

A Grande Notícia

Logo cedo, fui acordado pelo meu pai avisando que estavam saindo para ir ao médico e pedindo para que eu esperasse até ele voltar com as notícias do exame. Eles saíram e liguei para o senhor Simon. Avisei que deveria me atrasar por causa do exame.

- Não se preocupe, Jorge. Terei que ir agora fazer um depósito para meu amigo de Ilha Bela. Ele vai reservar o barco para nós.

- Legal! Por falar nisso, a Sandra disse que vai.

- Ótimo. Vou deixar tudo em ordem, assim, amanhã poderemos viajar.

Encerrei a ligação e aproveitei para tomar um café e assistir ao noticiário. As notícias eram só de calamidade, violência e corrupção. Um dos comentaristas dizia que para melhorar o mundo, seria necessário um líder mundial, capaz de governar com equidade e justiça. Eu já sabia que quando esse líder surgisse, seria o anticristo e as coisas iriam de mal a pior. O melhor governo era, sem dúvidas, no milênio com Cristo. E mesmo assim ainda haveria pessoas descontentes. Mundo difícil. Enquanto me envolvia nos pensamentos, meus tios chegaram carregando os bebês no colo.

- E aí, Ruela, sua mãe e seu pai estão?

- Oi, tio. Meus pais foram ver o resultado dos exames, mas logo chegam. Fiquem à vontade.

- Você não foi trabalhar com o Simon hoje, Jorge?

- Não, tia. Meu pai pediu pra esperá-los até que voltem e contem como foi no médico.

- Entendi. Fred, me dá o Pedro e pega o carrinho para colocarmos as crianças.

Quando meu tio saiu pela porta, a Sandra chegou.

- E aí, Jorge, tem notícias?

- Meus pais logo vão chegar. Sente aqui ao meu lado.

- Vocês dois realmente formam um belo casal.

- Obrigada, dona Fábia.

- Pare com essa formalidade de "dona Fábia". Pode me chamar de tia Fábia, já que logo será minha sobrinha.

- Obrigada. Fico honrada com isso.

- Que nada, menina, seremos parentes, mesmo não sendo do mesmo sangue. E, por falar em sangue, como está a sua mãe Rosa, Jorge?

- Está bem, tia. Acho que ela passará aqui depois do serviço.

Meu tio Fred entrou com o carrinho sendo ajudado pelo meu pai e minha mãe, com lágrimas nos olhos.

- Gente, por favor, sentem-se todos. A Dona Maria tem uma notícia para dar sobre os exames. – Disse meu pai colocando uma cadeira para minha mãe se sentar.

- É grave assim? – Perguntou meu tio Fred.

- Fica quieto, Fred. Não está vendo que a Maria está nervosa?

- Calma, gente, é que nunca pensei que isso iria acontecer comigo.

- Isso o quê, Mãe?

- Os exames mostraram que estou grávida de dois meses.

- O quê? Grávida? Como isso foi acontecer?

- Ruela, você não sabe como se engravida? Deixa te explicar: é necessário que o homem pegue o seu...

- Fred!!!! Isso não é hora de brincadeira.

- Só estava tentando ajudar o Ruela. Ele ainda não sabe das coisas.

- Como assim, Dona Maria? O que o médico disse?

- Então, Sandra, como já tenho certa idade, ele disse que devo tomar muito cuidado, pois é uma gravidez de muito risco. Fui pega de surpresa. Eu não podia engravidar. Como ia esperar por isso?

- Tem razão! Todo cuidado é pouco. Isso explica o mal-estar de ontem. O médico passou alguns cuidados que devemos tomar daqui pra frente. – disse meu pai todo orgulhoso.

- Quer dizer que o Ruela vai perder o trono de filho único?

- É! Agora, minha mãe terá um filho de verdade, do sangue dela.

- Jorge, isso não muda o fato de você ser meu filho. Pode não ter saído de minha barriga, mas pertence ao meu coração.

- Eu sei, mãe, só estou dizendo que agora a senhora terá seu filho mesmo. Um de verdade.

- Está com ciúmes, Jorge?

- Não, Sandra, só estou um pouco assustado.

- Agora teremos uma dupla: Ruela e Parafuso.

- Fred, para de zoar o menino. Ele ainda está tentando entender tudo isso. Pode ser que venha uma menina.

- Daí será Ruela e Porca sextavada!

- Vai perdoando o Fred, gente. Ele só leva as coisas na brincadeira.

- Não se preocupe, Fábia, a gente já conhece o Fred. – Falou minha mãe me olhando preocupada.

Os gêmeos começaram a chorar. A Sandra pegou a Ana no colo e a minha tia, o Pedro.

- É, Jorge, logo você estará segurando a sua irmã ou irmão.

- Legal, Sandra. Gente, quero deixar claro que não estou com ciúmes. Parabéns, mãe, pelo presente que Deus lhe enviou. Tenho que ir trabalhar.

- Eu sei, filho, você precisa de tempo para assimilar. Quero que você se lembre que te amo. – falou minha mãe me abraçando bem forte.

- Sandra, você vai ficar por aqui?

- Vou sim, Jorge. Quero ajudar sua tia com os bebês. Hoje vou com ela comprar roupas novas pra eles.

- Seu pai e eu vamos comprar carne e carvão, pois saber que o Chico ainda dá no coro, merece uma bela comemoração.

- Fred, isso é jeito de falar?

- Se preocupa não, Fábia. Precisamos comemorar. Vamos lá, Fred, você compra a picanha e eu, o carvão.

- Vamos negociar isso aí. Comprar a picanha tudo bem, mas você só o carvão, aí é demais. Eu vou ser pai. Você tem que me ajudar.

- Está bem, Chico, vamos lá!

Os dois saíram pela porta abraçados e falando que nome escolheriam para o bebê que viria.

- Já que vocês vão ficar e depois passear, estou indo trabalhar.

Saí deixando elas conversando sobre enxoval de bebê, chás e presentes e fui para casa do senhor Simon, tentando assimilar aquela grande notícia. Encontrei o senhor Simon descendo a escada da casa para ir ao banco.

- Que cara é essa, Jorge? Parece que viu um fantasma.

- Minha mãe está grávida!

- Ei! Espere, Jorge, sei que você não aprova muito sair com sua mãe, mas não aconteceu nada. Você sabe que pra isso pretendo me casar antes, então é impossível ela estar grávida.

- O quê? Não estou falando da minha mãe Rosa. É a dona Maria das Dores.

- Sua mãe está Grávida? Que alívio! Isso explica ela ter passado mal.

- Sim. Agora ela vai ter um filho de verdade.

- Meus parabéns, Jorge, você terá um irmãozinho.

- Já é difícil assimilar o senhor com a minha mãe Rosa. A dona Maria grávida é demais.

- Sei que é difícil pra você, mas a melhor coisa é ir lá para dentro e começar a desmontar os componentes que estiverem bons nas placas que retiramos da máquina.

- Acho melhor mesmo, assim não fico pensando no assunto.

- Isso mesmo. Vou ao banco e já volto te ajudar.

Subi e fui até a oficina do senhor Simon. Lá fiquei trabalhando até o final da tarde.

- Jorge, amanhã bem cedo, temos que ir para Ilha Bela. Espero vocês aqui, pois aluguei um carro para irmos até lá.

- Já é amanhã?

- Eu lhe disse que seria no final de semana.

- Passou muito rápido. Pode deixar, senhor Simon, vou avisar a Sandra. Bem cedo estaremos aqui.

Sai da casa e fui caminhando. O Antônio me encontrou na rua e me abraçou.

- Borges, faz tempo que não te vejo. Estava indo agora na casa do Simon pra ver se te encontrava.

- Oi, seu Antônio, como você está?

- Estou ótimo. Arrumei um emprego no prédio das Margaridas, lá na Rua do Trevo.

- Verdade? O que faz lá?

- Na realidade, começo hoje. Vou trabalhar na portaria e quero fazer o melhor. Não tive tempo de te agradecer pelo que fez por mim lá no hospital.

- Imagine, não fiz nada. Só orei pelo senhor.

- Você se importou comigo. Isso foi o mais importante. Só de saber que alguém se preocupava e teve a capacidade de orar por mim, fez toda a diferença na minha vida.

- Quem te curou foi Jesus.

- Eu sei, Borges, mas você permitiu que ele te usasse. Por isso, quero te dar um presente. Fui na sua casa e a sua mãe disse que estaria com o Simon.

- Não precisa, seu Antônio.

- Claro que precisa. É apenas uma lembrança minha.

Ele me deu uma caixa embrulhada.

- Espero que seja útil pra você, pois fui até a loja e perguntei o que poderia dar para um jovem corajoso e aventureiro. Eles me deram isso. Sinceramente, não sei o que é.

Abri o embrulho e tirei de dentro da caixa um GPS portátil para acampamento.

- Seu Antônio, isso deve ter ficado muito caro!

- Você gostou?

- Amei! Vou utilizá-lo amanhã mesmo, pois irei a uma ilha e preciso de um GPS para encontrar um lugar.

- Que bom, Borges. Gostaria de te pedir um favor.

- E o que seria?

- Queria que você fosse padrinho do meu casamento.

- Você vai casar?

- Sim! Casarei com a Valdete, mês que vem, no dia treze. Ela vai ficar muito feliz.

- Será um prazer, seu Antônio. Vou falar com a Sandra e ela vai ficar feliz com seu casamento.

- Que bom, Borges. Semana que vem, vou com a Valdete em sua casa levar o convite. Deixe-me ir que daqui a pouco eu tenho que trabalhar.

- Muito obrigado pelo presente.

- Deus te abençoe, Borges.

Fui para casa e, lá, minha mãe estava me esperando com a Sandra.

- E aí, filho, tudo bem com você?

- Sim, mãe, está tudo ótimo. A senhora não sabe quem vai se casar.

- Eu acho que sei, pois o Antônio passou aqui agora de pouco e falou com a Sandra.

- Pelo jeito, vamos ser padrinhos, certo?

- É verdade, Sandra. Olha o presente que ele me deu.

- O que é isso?

- Um GPS!

- E?

- Serve como um localizador. Amanhã já vamos utilizar para acharmos o lugar na ilha de Búzios.

- Que legal! Que horas vamos?

- O senhor Simon disse que sairemos bem cedo.

- Bom, vou pra casa agora. Preciso arrumar minha mochila.

- Vou preparar um belo lanche pra vocês levarem, pois em viagem dá muita fome.

- Mãe, por favor, a senhora tem que descansar. Deixa que amanhã eu preparo alguma coisa.

- De jeito nenhum. Não se preocupe, vou ficar bem.

- Até mais, dona Maria. Vou arrumar as malas e amanhã cedo eu passo aqui, Jorge, pra irmos juntos.

Sandra me beijou e saiu às pressas. Minha mãe foi para a cozinha preparar o nosso lanche.

- Mãe, onde está o seu Chico?

- Ele foi para a igreja. Hoje é dia da reunião do conselho de orçamento.

- Pelo jeito, vai chegar tarde.

- Com certeza, Jorge, essas reuniões tem a tendência a demorar muito. Coma alguma coisa.

- Não estou com fome, mãe, comi um lanche no senhor Simon.

- Você sabe que lanche não sustenta.

- Não se preocupe, dona Maria, estou satisfeito.

Subi ao meu quarto, tomei um banho e aproveitei para ligar para a Sandra.

- Oi, Sandra, já arrumou tudo?

- Jorge, não sei o que levar. Minha mãe disse que nesses lugares existem muitos pernilongos.

- Isso é verdade. Lá é tudo mata.

- Vou levar repelente. A roupa tem que ser de verão, né?

- Sim, Sandra, está fazendo calor.

- A minha mãe vai me levar à noite no shopping pra comprar uma roupa nova de verão.

- Sandra, é bobagem. Nós vamos andar na mata. Pode ser uma roupa usada mesmo.

- Jorge, a minha mãe vai comprar roupa nova pra mim e você acha que vou perder a oportunidade.

- Está bem, Sandra, veja o que for melhor pra você.

- Vou estar bem chique, você vai amar, Jorge.

- Com certeza!

- Deixa desligar que minha mãe já está chamando. A gente se vê amanhã, Jorge.

- Até mais!

Minha mãe chegou e entrou no quarto com uma bandeja de cereais e um copo de suco.

- Acredito que isso você não rejeita. Estou certa, Jorge?

- Mãe, pare de ficar se esforçando. O melhor é não subir mais escadas.

- Estou grávida, Jorge, não inválida!

- Eu sei, mãe, mas lembre-se que não pode ficar se esforçando. Quero ver meu irmão, ou irmãzinha, bem saudável.

- Ai que bom ouvir isso de você, Jorge. Estava preocupada com o modo que você aceitaria isso.

- Me assustou um pouco, mas agora está caindo a ficha. Logo vou me casar com a Sandra e vocês ficariam sozinhos aqui em casa. Com um bebê, nem vão sentir minha falta.

- É claro que vamos sentir sua falta. Não tenha pressa em casar, Jorge, tem muita coisa pra arrumar antes disso.

- Isso é verdade. O mais importante é que a casa nós já temos. Estão faltando apenas os móveis.

- Precisam trabalhar e comprar. Por favor, Jorge, não me faça outra surpresa.

- Que surpresa?

- Ficou noivo sem falar conosco. Não me diga que a Sandra também está...

- Está o que?

- Grávida também.

- Pare, mãe! Que loucura, imagine!

- Seu pai está preocupado achando que aconteceu alguma coisa e por isso você quis ficar noivo rapidamente.

- Não, mãe, só fiz isso porque a Sandra é minha amiga há muito tempo. É com ela que quero passar minha vida. Então, eu não preciso enrolar.

- Fico aliviada. Deixa pra ter uma criança bastante tempo depois de casado.

- É claro! Não vou levar o tempo que o pai e a senhora levaram, por que, se não, o meu irmãozinho já estará casando, quando vier nosso filho.

- Seu bobo!

- Deixe-me descer e arrumar as coisas lá embaixo. Você pode descansar.

- Obrigado, mãe, a senhora é uma benção em minha vida.

- Obrigada, Jorge. Você é o filho que toda mãe gostaria de ter, mesmo que eu tenha que dividir com a Rosa e a Sandra.

Ela desceu as escadas e fiquei no quarto pensando em tudo que passei desde a primeira viagem com o senhor Simon. Lembrei-me do Harmes, um mundo em que reinava o príncipe Lúcifer, onde havia os dinossauros. Depois, a viagem ao Egito, subir em todos os céus, conhecer meu pai no paraíso, o cetro e logo a terra de Akmelon, anticristo, Abadom, a Nara, o milênio. Pensei na mãe Rosa com o senhor Simon, mãe Maria grávida, noivado com a Sandra e tudo mais. Quanta coisa havia passado. Sem perceber, peguei no sono.

Capítulo 14

O Portal da Ilha

Fui acordado pelo meu pai que estava jogando água na minha cara.

- Acorde, sonolento! Já está na hora de levantar pra quem vai fazer trilha na mata.

- Precisava jogar água, pai?

- Toquei em você e você ficava repetindo: "Abadom, me solta, me solta". Era pesadelo? Quem é Abadom?

- Era um monstro e, com certeza, era pesadelo.

- Levanta que a sua noiva está te esperando lá embaixo.

- Por falar em noiva, pai, deixe-me te explicar...

- Não precisa! Sua mãe me contou tudo ontem, a hora que cheguei. Acho precipitado isso tudo, mas espero que esteja fazendo o certo.

- Obrigado, pai, já vou descer.

Quando desci as escadas, a Sandra parecia uma modelo de verão, como em capa de revista. Um chapéu de palha e óculos escuros.

- E aí, Jorge, gostou do meu estilo?

- Você está linda!

- Foi o que falei pra ela, Jorge.

- Obrigada, gente, assim fico muito feliz.

- Tomem um café antes de irem pra essa ilha.

- Vamos sim, mãe.

- Já deixei uma mochila pronta. Tem comida pra quatro pessoas.

- Mãe, somos três: eu, o senhor Simon e a Sandra.

- Ele não está sabendo, Sandra?

- Eu acho que não, dona Maria.

- Sabendo do quê? Do que você está falando, Sandra?

- Sua mãe Rosa passou em casa hoje cedo e disse que já estava indo pra casa do Simon, porque ele também tinha a convidado pra ir conosco.

- Vocês estão de brincadeira, né?

- Acho que não, Jorge.

- A Rosa vai junto?

- Eu acho que o Simon deve ter pensado que ia ficar sem graça nós dois juntos e ele segurando vela, então, achou por bem levar alguém.

- Não acredito, Sandra. Ela nem falou comigo.

- Jorge, penso eu que os dois devem estar se apaixonando um pelo outro. Isso não tem como você impedir.

- Tudo bem, mas eu não esperava assim tão cedo, Sandra.

- Por favor, Jorge, não vai fazer essa cara na frente dos dois. Vai ser muito chato isso.

- Que cara?

- Essa que está fazendo de desagrado. Parece que comeu limão.

- Está bem. Vou melhorar até lá, Sandra.

Tomamos o café da minha mãe e logo fomos para a casa do senhor Simon. Ele estava terminando de colocar a mochila de minha mãe Rosa no carro, olhou para nós e disse:

- Podem colocar a de vocês também. Aí, podemos ir.

- Bom dia, Jorge.

- Bom dia, mãe.

- Aconteceu alguma coisa? Está com uma cara estranha.

Nessa hora, a Sandra me fuzilou com os olhos, como que me dizendo: *"muda essa cara ou eu mudo em um murro"*.

- Não é nada, mãe. Estou tentando assimilar minha mãe Maria grávida.

- Jorge do céu, fiquei sabendo. Imagine na idade dela ficar grávida.

- Ele vai superar isso, dona Rosa.

- Gente, vamos entrando no carro. Temos uma boa jornada até lá.

- É verdade, senhor Simon.

Entramos no carro. Fui com a Sandra no banco de trás e minha mãe Rosa foi ao lado do senhor Simon. Os dois foram conversando e esqueceram-se da gente. Parecia que nem estávamos no carro. A Sandra, por sua vez, encostou a cabeça no meu ombro e dormiu nos primeiros cinco minutos da viagem. Minha mãe Rosa ia falando pro senhor Simon como ele dirigia bem, respeitava os sinais de trânsito e tudo mais. Percebi que, na verdade, eu acabei ficando de vela pros dois.

- Sandra, acorde!

- Nossa, já chegamos?

- Sim. Vamos descer do carro.

- Jorge, sua camisa está molhada. Eu babei em você?

- Não, imagina! É que eu só consigo suar de um lado do ombro.

- Me perdoe. Fui dormir tarde ontem e viajar de carro me dá sono.

- Não se preocupe. Vamos pegar as mochilas e seguir o senhor Simon.

Fomos até uma lanchonete e o amigo do senhor Simon estava com um rapaz, nosso guia. Eles ficaram conversando um bom tempo, acho que acertando as coisas pra irmos à ilha.

- Filho, você derrubou água no seu ombro?

- Não, dona Rosa, eu acabei babando na camisa dele.

- Sandra do céu, você não babou, você o lavou.

- Troque de camisa, Jorge.

- Não precisa. Vamos pegar o barco e pode ser que respingue água na roupa da gente.

- Ai, Jorge, me perdoe.

- Pare, Sandra, nem esquente. Logo seca.

O senhor Simon deu sinal para descermos até a praia. O lugar era lindo demais. As águas eram bem limpas. O guia nos levou até uma lancha branca em que estava escrito "Babilônia". Isso parecia brincadeira de mau gosto. Subimos no cais e entramos no barco. O rapaz nos ajudou a descer.

- Rapaz, já se molhou antes de entrarmos no mar?

- Não sei nem o que dizer pro senhor.

- Isso é normal, garoto. Não pode ver água que já vai se molhar, não é?

- Com certeza!

Minha mãe Rosa desceu no barco rindo da situação. A Sandra estava toda vermelha. Nos sentamos e o rapaz se apresentou:

- Bem, deixe-me me apresentar: sou Raoni. Meu nome significa grande guerreiro e pertenço à tribo Tupi. Serei o guia de vocês. Sempre atendo mergulhadores que vem de todo o lugar para pesquisar sobre animais marinhos e até embarcações antigas afundadas por esta região. Na ilha dos Búzios, existem algumas famílias de pescadores morando. Pelo que me falaram, vocês vão entrar pela mata e conhecer a área, certo?

- Sim, Raoni, somos apaixonados pela natureza e queremos conhecer a mata da ilha. Além disso, meu amigo Jorge ficou noivo e estou dando este passeio de presente. – Disse o senhor Simon ajeitando sua mochila sobre o colo.

- Que bacana, tão jovens! Se bem que, na minha tribo, com doze anos já podem casar.

- Legal, Raoni. Existe alguma história sobre a ilha de Búzios que seja interessante?

- Sim, garoto. Desculpa, é Jorge, não é?

- Isso. Essa é a minha noiva Sandra e minha mãe Rosa.

- E como você já sabe, sou o Simon.

- Muito prazer em conhecer vocês. Deixe-me contar uma história que há muito tempo causa dúvidas sobre sua veracidade, mas é algo que os mais antigos contavam.

- Isso parece interessante. – Disse a Sandra já atenta aguardando a história.

- Como vamos levar um tempo até chegarmos lá, acredito que eu consiga contar todos os detalhes.

Um homem bem barbudo, usando uma bermuda bem colorida, entrou no barco e se apresentou:

- Olá, pessoal, sou Caetano! Vou levar vocês até a ilha. Cuidado com o Raoni, ele tem o costume de contar umas histórias bem estranhas e que ninguém acredita.

- Caetano, faça seu serviço e deixa que da minha equipe cuido eu.

- Brincadeira, Raoni, pelo jeito brigou com a esposa, hein?!

Caetano subiu na cabine, ligou o barco e começamos a seguir viajem.

- Pessoal, se vocês sentirem um pouco de enjoo, é normal. Qualquer coisa, virem a cabeça pra fora do barco.

No começo, foi tranquilo. Teve momentos que deu vontade de vomitar, mas dava pra controlar. Minha mãe Rosa suportou bem com a Sandra. O senhor Simon, por outro lado, algumas vezes, virava a cabeça para o lado de fora. Raoni começou contar a história:

- Há muito tempo, acredita-se que uns quinhentos anos antes de Cristo, houve um avistamento de luzes no céu. Segundo os antigos, os deuses enviaram dois emissários que vieram a esta ilha. Eles empilharam algumas pedras, uma sobre as outras, formando como uma grande porta, um portal.

- Espera um pouco. Esses dois seres vieram como do céu?

- Não sei dizer, Jorge.

- Parece que eles vieram em uma nave. Ou seja, seriam extraterrestres?

- Também não sei dizer.

- Está vendo? O garoto já começou a questionar, Raoni.

- Fica na sua, Caetano. Ele só está curioso.

- Jorge, deixe-o continuar a história. – falou a Sandra toda animada aguardando a continuação.

- Segundo a lenda, eles tinham uma pequena pedra azul e

quando a colocavam sobre uma das rochas, elas iluminavam todo o portal, abrindo uma porta pra outra dimensão. Eles entraram e passados dez anos, o portal se abriu novamente e eles voltaram. Dessa vez, intimidaram as tribos dizendo que precisavam de guerreiros fortes e saudáveis. Em troca, eles dariam pequenas sementes, como diziam os antigos, que eram capazes de curar qualquer doença e conseguiam retardar o envelhecimento. Todas as tribos dessa região resolveram separar os seus guerreiros e enviaram barcos até a ilha de Búzios, conduzido por pajés. Quando voltavam, os barcos estavam cheios de sementes curandeiras. Por causa disso, a Ilha ficou conhecida como Maembipe, que quer dizer lugar de troca.

- O que acontecia com os índios guerreiros? – Perguntou o senhor Simon tomando um gole de água.

- Segundo os pajés, eles atravessavam o portal e, de lá, traziam as sementes e colocavam-nas no barco a mando desses dois deuses que passaram a ser chamados de Sumés. Depois disso, os guerreiros passavam novamente pelo portal e um dos Sumés retirava a pedra azul passando pelo portal que, em poucos segundos, desaparecia e nunca mais era visto.

- Deixe-me ver se entendi. Eles passavam pelo portal, só Deus sabe pra onde iam, e assim nunca mais voltavam? – Perguntei.

- Eles iam pra *"Nárnia"*, garoto. Essas sementes eram cápsulas de cura tudo, feitas de ervas.

- Não liga pro Caetano. Ele gosta de ser engraçadinho.

- A cada dez anos, sempre na mesma data, eles voltavam. Meu bisavô disse para mim que a ilha fazia um barulho como o zumbido de abelha e, à noite, era possível ver, mesmo de longe, o brilho do portal.

- Ninguém nunca perguntou pra eles o que faziam com os guerreiros? – Perguntou minha mãe Rosa.

- Eu acho que não. Se não, saberíamos.

- Eu acho que eles eram levados para outro planeta e lá viravam comida para os ETs.

- Caetano, para de falar bobagem!

- Bobagem? Olhe a história que você está contando, Raoni.

- Continue, Raoni, estamos interessados. – Disse o senhor Simon.

- A cada dez anos, fazia-se as trocas. Muitos da tribo já não ficavam doentes. Quando adoeciam, pegavam uma das sementes com o pajé e, no outro dia, estavam completamente curados. O mais interessante é que as sementes também duravam dez anos. Após isso, apodreciam e o cheiro era terrível. Se alguém ousasse comê-las assim, morria roxo e todo inchado. A troca sempre era feita e tornou-se até um culto. Quando se aproximava da data, as tribos se reuniam em ilha Bela e cantavam louvores aos Sumés. Cada guerreiro ia levando suas oferendas aos deuses. Quando os barcos voltavam com as sementes, faziam-se festas de um mês aproximadamente. Alguns que comeram das sementes chegaram a viver até cento e oitenta anos.

- Alguns não permitiam dar essa semente à sogra, sabiam? – Disse Caetano rindo.

- Piadinha sem graça! – falou Raoni já sem muita paciência.

- E o que aconteceu? Acabou? – Perguntou Sandra.

- Aí é que vem a parte triste. As tribos ficaram fazendo esta troca por muitos anos. Porém, com a chegada dos portugueses e com a colonização por toda a região, eles ficaram sabendo das sementes. As tribos não querendo mostrar a eles, começaram a enterrar e esconder. Mesmo assim, eles mataram muitos índios em busca do que eles acreditavam ser a semente do rejuvenescimento. Um dos pajés, depois de tanto ser espancado, contou de onde vinham as sementes e que a data estava próxima. Então, no dia marcado, houve uma convocação maciça de soldados portugueses a mando do rei Dom João III. Eles invadiram a ilha e, quando o portal se abriu, eles avançaram sobre os deuses que se defenderam soltando raios e fazendo os soldados virarem pó. Eles passaram pelo portal e esqueceram a pedra deste lado. Os portugueses a retiraram e fecharam o portal, acreditando que a pedra pudesse ser valiosa. Houve uma briga e acabaram quebrando a pedra, partindo-a entre eles. Por isso, o portal nunca mais se abriu. Os portugueses, por sua vez, derrubaram o portal destruindo totalmente o lugar. Assim, desde aquela época, nenhum índio ou descendente se atreve a chegar nesse lugar, pois dizem que os deuses ainda querem voltar e se vingar. Fim da história.

- E não existe nada que comprove que isso é verdade!

- Claro que existe, Caetano.

- Fale uma prova, Raoni!

- A ilha ter tido o nome de Maembipe, as pedras que estão derrubadas no local.

- Você já viu as pedras?

- Não, pois sou proibido pela tribo de ir até lá.

- Dessa forma não dá pra acreditar muito, pois ninguém nunca conseguiu chegar ao local. Tudo está tomado pela mata. E tem outra coisa, você esqueceu-se de dizer ao pessoal aí que você não desce do barco na ilha. Eles vão ter que andar por lá por conta própria.

- Como assim? – Perguntou o senhor Simon.

- Vocês me perdoem, mas não posso descer na ilha.

- Você disse que seria nosso guia. – Falei.

- Vou ser o guia de vocês até a ilha. Vou mostrar os pontos onde existem barcos afundados, onde se encontram baleias, golfinhos e coisas do tipo. Na ilha, vocês podem pedir ajuda para algum pescador. Eu não posso descer lá.

- Mas e você, Caetano? – Perguntou o senhor Simon.

- Eu não posso. Vou deixar vocês ali na ilha, depois volto atender outros turistas. Depois, lá no final da tarde, passo pegar vocês. A ilha é pequena, não tem como se perder.

- Acho isso um absurdo. – Disse minha mãe Rosa.

- Não se preocupe, a gente se vira bem por lá. – Falou o senhor Simon tranquilizando minha mãe.

Continuamos seguindo a viajem e o Raoni foi falando e apontando os lugares onde os mergulhadores encontraram barcos e peças de ouro. Assim fomos até chegar à ilha. Como Caetano falou, Raoni ficou no barco e nós descemos.

- Vocês podem seguir até aquelas casas ali pra cima. Lá, os pescadores podem orientá-los. Há um rádio de comunicação, qualquer coisa, eles entram em contato.

- Obrigado, Caetano. Que horas você volta aqui? - Perguntou o senhor Simon.

- Volto no final da tarde, antes de escurecer. Até mais tarde, pessoal.

Raoni estava imóvel sentado no barco, parecia ter visto um fantasma, não falou nada. Caetano retirou o barco e seguiu viagem adiante.

- Nossa, o tal de Raoni, o grande guerreiro, é um verdadeiro frouxo. Onde já se viu ficar com medo de uma lenda?

- Na verdade, mãe, ele acredita piamente na história que nos contou.

- É coisa de Índio, dona Rosa. O que vamos fazer? - Perguntou Sandra.

- Bem, vamos subir até aquelas casas e comer algo, depois veremos por onde começar. – Disse o senhor Simon já subindo uma pequena escada de madeira.

Chegamos ao local onde havia algumas senhoras e umas três crianças que jogavam bola. Uma das mulheres, com uma roupa bem surrada, veio ao nosso encontro.

- Bom dia, meu nome é Leuza. Vocês vieram mergulhar?

- Bom dia, Leuza, meu nome é Simon. Na realidade, viemos fazer trilha na mata. Gostaria de saber se existe alguém pra nos guiar.

- Olha, hoje todos saíram pra pesca. Mesmo assim, o rapaz que faz a trilha está em Ilha Bela, pois foi visitar a mãe doente.

- Entendo. Teremos que ir sozinhos.

- Gostaria de ajudar, mas infelizmente não tem ninguém pra seguir com vocês. Fiquem à vontade. Se precisarem de alguma coisa, é só chamar. Caso queiram comer o almoço, sai daqui umas duas horas.

- Não se preocupe, trouxemos lanche.

- Então, a ilha é de vocês.

- Obrigado, dona Leuza.

Ela voltou, se sentou com as outras mulheres e continuou a conversar.

- Jorge, acredito que aqueles números que recebemos nos leva até o portal.

- Será?

- Essa história que Raoni nos contou me pareceu o portal dos Tekins e a pedra de Alunis.

- Verdade! Será esse o motivo pelo qual recebemos os números?

- Acho que existe algo por lá e precisamos dar uma olhada. O problema é como chegar lá sem um guia.

- Deixe-me fazer uma pergunta para os dois: O que é esse Tekin? Que Pedra é essa? E vocês acreditaram no Raoni?

- Mãe, desculpa falar, mas você disse uma pergunta e já foram três.

- Jorge, eu sei, mas quero entender.

- Olha, dona Rosa, o Jorge e o Simon vivem fazendo pesquisa e gostam de conhecer a história. Sempre estão em busca de aventuras. Por isso, algumas coisas são difíceis de entender.

- Olha, Rosa, não se preocupe. É uma longa história. Assim que tivermos uma oportunidade, te conto tudo, mas agora precisamos ver como chegar ao local.

- Já sei! Vamos usar o meu GPS que ganhei do seu Antônio.

- O Antônio do bar?

- Isso mesmo, senhor Simon, ele me deu de presente ontem.

- Com este aparelho vai ficar mais fácil. Podemos chegar ao local exato. Use os números do pergaminho, Jorge.

Peguei o pergaminho e digitei os números da latitude e longitude. Ele marcou um ponto na ilha, reconheceu a posição em que estávamos e traçou um caminho pelo meio da mata.

- Pronto, senhor Simon. É só seguir.

- Certo, Jorge, mas antes, alguém quer comer?

- Eu ainda estou enjoada do barco, não vou conseguir comer. – falou a minha mãe Rosa, já colocando a mochila nas costas de novo.

- Vou comendo esse salgadinho pelo caminho. – Disse Sandra já abrindo um pacote de salgados.

- Jorge, vá na frente que vamos te seguindo.

Entramos no meio da mata e havia muitos pássaros. Mesmo de longe, dava pra ouvir o barulho do mar e das crianças brincando.

- Nesta mata, não tem bicho perigoso, tem?

- Não se preocupe, Sandra, só existem animais pequenos como paca, cotia, jaguatirica...

- Jorge, essa jaguatirica não é onça?

- Não, Sandra, é do tamanho de um gato.

- Fiquem tranquilas, aqui é sossegado. – Disse o senhor Simon.

Continuamos seguindo mata adentro, e o pior, sem um facão, apenas com um pequeno canivete que tinha no bolso. Assim, fui cortando alguns galhos que atrapalhavam a passagem. Às vezes, o chão era escorregadio, era necessário, em certo ponto, subir por algumas pedras, um ajudando o outro até chegarmos a um local aberto com árvores altas. Lá, o chão era coberto de uma pequena erva. Nos sentamos para descansar. Então, o GPS começou a apitar.

- O GPS está indicando que chegamos.

- Seria aqui o portal? – Perguntou Sandra.

- Acredito que sim. Devia de ser neste local. – falou o senhor Simon se sentando em uma rocha e bebendo um pouco d'água.

- E agora? O que procuramos?

- Jorge, devemos procurar nestas pedras um buraco, onde deveria ser o local da pedra de Alunis.

- Seria este buraco aqui? – Disse minha mãe Rosa se levantando da pedra onde estava e mostrando uma pequena abertura na rocha, com um formato bem redondo.

- Acho que é esse! – falei.

- Vocês acham que era aqui que colocavam a pedra para ligar o portal?

- Acho que sim, mãe!

- Vocês devem estar ficando malucos. Imagine acreditar que aquela história toda era verdade.

- Pena não ter trazido a pedra de Alunis, senão, poderia colocá-la aqui e ver o que aconteceria. Assim, a senhora iria acreditar.

- Não seja por isso, Jorge, eu trouxe.

- O senhor trouxe a pedra?

- Claro, Jorge! Achei que deveria trazer, pois aqui poderia ter alguma nave ou algo semelhante.

- Nave?

- Dona Rosa, não se preocupe, uma hora a senhora vai entender. Eu demorei um pouco pra acreditar, mas eles fazem coisas que ninguém imagina.

O senhor Simon tirou a pedra de dentro de sua mochila e estava envolta por um pano branco. Quando a tirou, brilhava bem forte.

- Ela é linda!

- Sim, Rosa, ela é muito rara, veio de outro planeta.

- Simon, cada vez que vocês falam, parece que estou em um filme de ficção.

- O senhor vai colocar na abertura?

- Vou, Jorge. Acho melhor vocês se afastarem um pouco. Podem ir para trás daquelas árvores. Não sabemos o que vai acontecer.

Fomos para trás das árvores. Sandra segurou minha mão bem forte e me abraçava com certo medo. Minha mãe estava bem atenta.

- Cuidado, Simon, pode ser perigoso.

- Não se preocupe, Rosa, vai dar tudo certo.

Nessa hora, ele colocou a pedra e ela começou a irradiar uma claridade muito forte e logo podíamos ver a luz azul saindo, seguindo pelas frestas das pedras, como se fosse água correndo. Logo, toda a volta estava iluminada e começou soltar um som forte que parecia um zumbido bem alto e, no chão, começou a surgir um líquido azul que formou como se fosse uma piscina de algo gelatinoso. O senhor Simon circulou por ela e veio até nós.

- Acho que este é o portal.

- No chão, senhor Simon?

- Acredito que por ter sido derrubado pelos portugueses, segundo a história do Raoni, ele se abriu neste lugar.

- Jorge, faça o seguinte, ligue o cronômetro do seu relógio quando eu disser "já!".

- Mas, por quê?

- Quero ver uma coisa.

Ele deu a volta, chegou perto da pedra e a retirou, dando um grito:

- Vai, Já!

Aquela geleia parou de fazer barulho e, com trinta segundos, começou a se fechar e diminuir até que desapareceu.

- Quanto tempo deu, Jorge?

- Uns trinta segundos até ela começar a diminuir e um minuto pra desaparecer completamente.

- Gente, o que foi isso que acabei de ver?

- Isso foi o portal, mãe, que o senhor Simon abriu.

- Então, toda aquela história era real?

- Acredito que sim, mãe.

- Bem, acho que agora podemos voltar, né?

- Como assim, Sandra?

- Vocês já viram que a história é real, abriram o portal e agora precisamos voltar. Ir embora pra casa.

- Voltar pra casa? Quero ver o que tem do outro lado. – Falou minha mãe olhando e tocando as pedras no chão.

- Pelo jeito a Rosa é corajosa e curiosa. – o senhor Simon falou olhando pra minha mãe apaixonadamente.

- Jorge, eu estou com medo dessa coisa.

- Calma, Sandra. Acredito que viemos até aqui por algum motivo. Senão, teríamos recebido o pergaminho em vão.

O senhor Simon nos chamou até a pedra com a abertura e disse:

- Gente, é o seguinte, acredito que devemos passar pelo portal, mas não sei o que encontraremos do outro lado. Se alguém não quiser ir, tudo bem. A gente volta pra casa e, outra hora, eu e Jorge fazemos isso.

- Eu quero ir e ver o que tem do outro lado. – Falou a minha mãe Rosa toda empolgada.

- Por mim, sem problemas. Estou pronto pra mais uma viajem e você, Sandra?

- Ai, Jorge, estou tremendo de medo. Será seguro irmos?

- Veja bem, Sandra, recebemos o pergaminho do rei Davi e, segundo ele, Jesus pediu que nos entregasse. Acredito que tudo isso tem um propósito. Desde que começamos a viajar pelo tempo, sempre deu tudo certo, pode acreditar.

- E se ficarmos presos lá? Como vão ficar nossas famílias?

- É possível que iremos e voltaremos sem que tenha passado muito tempo aqui, Sandra.

- O senhor quer dizer que é possível voltarmos aqui sem ter passado o tempo?

- Esse portal, possivelmente, é um buraco de minhoca que

atravessa o universo. Sendo assim, tempo e espaço não serão alterados.

- Isso é uma teoria, não é, senhor Simon?

- Sim. Só indo pra ver se é real.

- Só depende de você agora, Sandra.

- Tudo bem! Mas quero você segurando na minha mão, Jorge.

- Não se preocupe, vou cuidar de você.

- Ótimo! Vou abrir o portal novamente. Eu pulo primeiro, depois a Rosa e a Sandra. O Jorge fica por último para retirar a pedra, colocá-la na mochila e pular. Ele terá trinta segundos para fazer isso e o escolhi por ser o mais rápido.

- Pode deixar comigo.

- Ei, espera, eu só vou se for com o Jorge. Quero ir junto com ele.

- Sem problema. Você espera o Jorge. Quando ele chegar aqui, vocês pulam juntos.

- Está bem.

O senhor Simon me deu a pedra e a coloquei no local. Tudo ficou iluminado novamente e o portal se abriu. Assim que ficou do tamanho da última vez, o senhor Simon pulou. A hora que passou pelo portal, o zumbido parou e voltou. Logo depois, a minha mãe pulou e a mesma coisa aconteceu.

- Preparada, Sandra?

- Não estou, mas vamos logo, antes que eu desista.

Retirei a pedra de Alunis, coloquei-a dentro da mochila e corri até perto da Sandra. Segurei em sua mão e pulamos juntos. Nessa hora, era como se estivéssemos passando por dentro de um tubo colorido. Parecíamos escorregar em um tobogã. A Sandra apertava minha mão com os olhos fechados.

Capítulo 15

O Outro Lado do Portal

Vi uma luz brilhando bem forte. Fomos jogados do outro lado. Caí sobre um monte de areia e a Sandra caiu sobre mim.

- Meu Deus! Estou viva?

- Sim, Sandra, está bem viva e eu todo dolorido.

Nesse instante, o senhor Simon ajudou a mim e a Sandra a nos levantarmos. O céu estava com nuvens brancas. Não dava pra ver o sol. Acima das nuvens, era tudo verde, enquanto no nosso mundo é azul. Podíamos ver areia por todo o lado.

- Estamos em algum deserto?

- É o que parece, Rosa. Só estou vendo areia por todo lado.

- E agora, senhor Simon? Não existe um portal aqui para voltarmos.

- Como assim, Jorge?

- Olhem, caímos no meio deste deserto sem ter outro portal.

- Tem razão, o portal apenas nos lançou aqui. Acredito que deva ter outro parecido por algum lugar que levava os dois deuses para o nosso planeta. Teremos que achá-lo para voltarmos.

- Na teoria, está fácil, senhor Simon, mas por onde devemos seguir?

- Lá na frente parece que tem um homem vestido de pele de algum bicho.

- É verdade, dona Rosa, ele está vindo para cá. Será que fala nossa língua? – Sandra disse isso se escondendo atrás de mim.

- O que vamos fazer, senhor Simon?

- Acho melhor esperamos ele chegar e ver o que quer, Jorge.

O homem vinha todo coberto de pele com um pequeno cajado na mão, no qual se apoiava. Parecia estar mancando. Ele, então, parou uns vinte metros de nós e disse:

- Rei Simon, o senhor voltou?

O homem correu e abraçou o senhor Simon.

- O que está acontecendo? Vocês entenderam o que ele falou?

- Sim, Sandra, ele acha que o senhor Simon é um rei.

- Como assim, Jorge, você entende o que ele fala? Falou minha mãe Rosa espantada.

- Sim. Vocês não entendem?

- Não! – Falaram as duas juntas.

- Meu amigo, você deve estar enganado eu não sou rei. Eu vim da Terra. Passamos pelo portal e viemos para o seu mundo.

- Olha, Sandra, o Simon fala a língua dele.

- É sério que vocês não estão entendendo?

- Claro, Jorge! – Disse Sandra indignada.

- Eu sou o Bertion. Lembra-se de mim? Sou do povo de Zuara. Fui seu servo e trabalhava pro senhor. Lembra-se da última guerra?

- Meu amigo, deve haver alguma confusão aqui. Eu não te conheço.

- Jorge, conte pra nós o que está acontecendo.

- Seguinte, o senhor Simon está dizendo que não o conhece e insiste que ele é um rei.

- O que aconteceu? Será que o portal te afetou?

- Como assim?

- Pode ser que você tenha perdido a memória ao passar pelo portal.

- Explique melhor, Bertion.

- Você resolveu atravessar o portal há muitos anos atrás, pegou um pequeno fragmento que restou dos dois Protetores e, como o fragmento era pequeno, só tinha energia para ir. Você prometeu que iria encontrar a pedra e voltaria, já que os dois viajantes haviam a deixado do outro lado, com o povo que tentou matá-los.

- Me desculpe, Bertion, mas eu sou do planeta Terra e nunca vim para este lugar.

Enquanto o senhor Simon conversava com Bertion, eu ia traduzindo para as duas o que estava acontecendo.

- Está certo, rei Simon, então me diga o nome de sua mãe e de seu pai, do planeta Terra, já que você veio de lá.

- Isso é fácil, se chama...

- Ou melhor, diga o nome da cidade onde nasceu e que tempo foi?

- Foi...

- Vai, senhor Simon, conta pra ele.

- Jorge, eu não me lembro.

- Está vendo, você não se lembra porque alguma coisa aconteceu do outro lado.

- Mas eu sou um cientista. Estudei, me casei, tive um filho e sempre trabalhei. Depois, o tempo foi passando, minha esposa e filho morreram e acabei ficando sozinho.

- Tente se lembrar de seus pais e do que aconteceu antes disso.

- Eu sempre achei que havia perdido meus pais, mas não consigo lembrar, Jorge.

- Está vendo! Acredito que você passou pelo portal e alguma coisa aconteceu. Você ficou achando que pertencia àquele lugar e seguiu a sua vida adiante. Esqueceu-se de nós.

- Será? Não é possível.

- Senhor Simon, será que isso é verdade?

- Tenho um jeito de resolver tudo.

- E como seria, Bertion?

- Vou te levar até o castelo e lá te darei a semente da cura. Quem sabe, te fará lembrar.

- Existe essa semente? – Perguntei.

- Sim, hoje são raras, pois quase tudo foi destruído. Quem são vocês?

- Eu sou Jorge, amigo do senhor Simon. Ela é a Sandra, minha noiva e ela é minha mãe, Rosa.

- Muito bom conhecer vocês. Se forem amigos do rei, são meus amigos também. Por favor, me sigam até minha casa.

Seguimos o homem e o senhor Simon estava muito pensativo. Acho que tentando assimilar todas as coisas. Minha mãe foi ao seu lado conversando com ele.

- Jorge, será verdade que o Simon é rei?

- Não sei, Sandra. É estranho que realmente ele nunca falou do seu passado. Nunca comentou dos pais ou de onde nascera.

- Que coisa estranha, você não acha?

- Se realmente é verdade, explica o porquê de ele ser tão inteligente e de construir uma máquina do tempo, coisa que a nossa geração até hoje nunca conseguiu.

- É verdade, Jorge.

Fomos caminhando por aquele deserto. Ninguém falava, só observávamos todo aquele lugar. Chegamos a um grande muro, que era muito alto, todo feito de pedra. Entramos por uma pequena abertura desse muro e era muito estreito e baixo. Para continuarmos tínhamos que ir agachando até que sair do outro lado. Havia muitas pessoas andando com roupas de pele de animais. Em algumas mesas, pessoas vendiam o que pareciam ser frutas. O lugar se assemelhava à época medieval, mas os alimentos e animais vendidos nunca tinham sido vistos por nós.

- Que lugar é esse, Jorge? Parece que estamos em um castelo.

- É verdade, Sandra, estamos em um lugar muito diferente.

As pessoas começaram a parar de fazer o que estavam fazendo e começaram a nos observar. Todos cochichavam, uns com os outros. Seguimos o Bertion até um grande portão de ferro. Ele conversou com o que pareia ser um segurança e abriram o portão. Entramos e saímos em uma praça muito bonita. Bertion nos deu sinal para sentarmos em um banco de pedra, bem no centro da praça, enquanto ele subiu umas escadas e entrou. Minha mãe Rosa já foi para o jardim de flores e começou a analisá-las.

- Simon, você já tinha visto plantas e flores assim?

- Não, Rosa, e acho que eu deveria me lembrar.

- Calma, Simon, logo tudo será explicado. Não precisa ficar preocupado.

- Ela tem razão, senhor Simon. Se realmente o senhor é daqui, acho que a semente poderá te ajudar.

- Que lugar será esse que estamos?

- Também não sei, Sandra, mas é muito diferente. O ar cheira queimado.

- Percebi também, Jorge, parece pólvora queimada.

- Tem razão, Sandra!

- Olhem para o portão. As pessoas estão se apertando pra nos ver aqui.

- É verdade, mãe.

Nessa hora, Bertion pediu para que o acompanhássemos e subimos uns três lances de escada de pedra. Saímos em um grande salão. Um homem com vestes bem coloridas se apresentou:

- Olá, meus amigos, eu sou Porã, líder da última comunidade de Torrânio. É um prazer enorme conhecer o rei Simon. Sempre ouvi suas histórias quando criança e sou seu fã. – Ele disse isso se ajoelhando na frente do senhor Simon e beijando a sua mão.

- Muito prazer em conhecer, Porã, mas realmente ainda desconheço qualquer coisa daqui e não me recordo de nada. Acredito que deve haver algum engano. – falou o senhor Simon todo encabulado.

- Sei que deve ser complicado pro senhor. Bertion me contou que está esquecido. Não se preocupe, ele foi buscar a semente. Por favor, sentem-se, pois estão em um mundo bem diferente. Meu pai também era terráqueo e foi um dos últimos guerreiros de Torrânio. Ele lutou juntamente com o seu exército, rei Simon. Deixe-me contar pra vocês o que aconteceu em nossa história. Quem sabe, isso ajude o senhor a recordar.

Sentamos em algo que parecia ser um sofá grande, o qual coube a todos. Porã ficou em pé e, ao seu lado, ficou um jovem de uns doze anos, aproximadamente. Ele segurava o que parecia umas folhas de papel com alguns desenhos.

- Bem, este é meu filho Lunar e vai me ajudar. Há muitos anos atrás, Torrânio estava sofrendo com o ataque das bestas feras, semelhantes a este desenho.

Lunar nos mostrou o que parecia ser um morcego com cabeça de homem.

- Eles invadiam as comunidades à noite, roubavam nossos alimentos e ainda arrombavam as casas levando nossas crianças. Então, quando parecia que seríamos destruídos, surgiram Lux e Lin que eram os guardiões da pedra sagrada dos territórios de Faran. Eles receberam nosso pedido de socorro enviado pelo rei Simon. Assim, eles vieram e trouxeram a pedra sagrada, criando o portal e trazendo os bravos guerreiros que nos ensinaram a criar armas e nos ajudaram a nos defender dessas bestas feras. Porém, as bestas se juntavam e atacavam em grupo. Muitos guerreiros eram mortos e mais guerreiros eram trazidos para cá. Um dia, houve um grande problema com os terráqueos e atacaram os dois, roubando a chave do portal. Infelizmente, Lux e Lin ficaram feridos e, mais tarde, acabaram morrendo.

- Mas e a semente da cura?

- Ela não funcionava pra eles, pois tinham um organismo diferente dos nossos. Pertenciam a outro mundo, mas isso já é outra história.

- Jorge, você poderia traduzir pra nós, pois não estamos entendendo nada.

- Elas não falam a nossa língua? – Perguntou Porã.

- Não. Somente o senhor Simon e eu.

- Espere um minuto, Lunar vai buscar duas sementes das línguas.

O menino, mais que depressa, correu e trouxe dois feijões bem pretos e entregou a elas.

- E o que a gente faz, Jorge?

- Diga pra elas engolirem. – Falou Porã.

- É pra engolir.

Elas engoliram e sentiram uma pequena dor de cabeça. Logo passou.

- Estão me entendendo agora?

- Perfeitamente! – Disse Rosa toda empolgada.

- Poxa, como é bom entender o que você fala. – Falou Sandra animada.

Porã voltou a contar a história novamente e prosseguiu:

 Como a pedra ficou do outro lado e não tinha como trazer mais guerreiros, começamos a perder a guerra e muitas pessoas estavam morrendo. O exército de Coran começou crescer cada dia mais. O rei Simon descobriu que Lux tinha um anel com uma pequena pedra, semelhante à chave do portal, mas era bem pequena, então seria apenas uma viajem de ida. O rei decidiu que iria, pegaria a pedra e voltaria com mais guerreiros, mas, infelizmente, ele não tinha conseguido voltar até hoje.

- O que aconteceu após sua travessia pelo portal? – Perguntei.

- Infelizmente, as Bestas aumentaram e destruíram tudo. Várias comunidades deixaram seus territórios e vieram para cá. Agora, de todo o reino que era do rei Simon, restou somente nós de Torrânio, e, mesmo assim, todos os dias sofremos baixas. Por mais que tentemos guerrear e nos defender, é impossível.

- O que vocês pretendem fazer? – Perguntei.

- Queremos vencer esta guerra. Estávamos sem esperança e lutar estava cada vez mais difícil. O ânimo do povo acabou, mas agora, com a volta do rei Simon, tudo será diferente.

Capítulo 16

As Lembranças

Nesse momento, Bertion chegou, trouxe a semente da cura e entregou-a ao senhor Simon.

- Acho melhor o senhor tomar com um copo d'água e se deitar, pois o teu corpo todo irá tremer com o efeito da semente.

A semente era do tamanho de um grão de arroz, só que bem verde. Nos levantamos do sofá e o senhor Simon tomou a semente com a água que Lunar lhe deu. Ele se deitou e, aos poucos, vimos o senhor Simon começar suar e tremer.

- É normal? –Perguntou minha mãe.

- Sim, logo vai passar. – Falou Bertion.

Lentamente, ele foi parando de tremer e sua respiração voltou ao normal.

- Ele está acordando! – Falei.

O senhor Simon se sentou no sofá e abriu os olhos. Sua roupa estava toda molhada de suor. Ele olhou para Bertion.

- Tião, como você está acabado, parece um velho.

- Rei Simon! O senhor voltou!

- Venha aqui, meu amigo, me dá um abraço de Tenã.

Os dois se abraçaram e choraram. Parece que ele havia se

lembrado. Ele se virou para nós e disse:

- Gente, era tudo verdade, agora me lembro de tudo. Sou deste lugar, essa é minha terra e sou o rei, mas aqui não é meu castelo.

- Agora o senhor se lembra de tudo, senhor Simon?

- Sim, Jorge, quando atravessei o portal, ele estava no chão, lembram o portal que pulamos dentro?

- Claro que lembramos, senhor Simon.

- Então, eu fui lançado pra cima e, ao cair, devo ter batido a cabeça em alguma pedra. Me lembro de acordar dentro do hospital de Ilha Bela. Como eu não me lembrava de nada, achavam que eu devia ter sido assaltado e largado na ilha de Búzios. Após me recuperar, um policial me ajudou e, assim, consegui um emprego e comecei a estudar, pois eles não entendiam a minha língua. Aos poucos, fui me acertando até chegar a conhecer vocês.

- Que incrível! Você está bem, Simon? – Perguntou minha mãe.

- Sim, Rosa, muitas lacunas foram preenchidas em minha mente. Estou aliviado. Espere, cadê a minha filha, Quita?

- Filha? Como assim? – Perguntou Sandra.

- Essa é boa, agora vamos descobrir coisas novas. – Falei.

- Ela está aqui rei. Vou chamá-la. Não pedi para ela entrar, pois não sabia se a semente faria efeito.

- Vá, Tião, quero vê-la. Quando a deixei, ela era bem pequena.

Bertion saiu pela porta e todos nós ficamos aguardando a

chegada da princesa. Nem imaginávamos que o senhor Simon tinha uma filha. Entrou uma Jovem alta e forte, com roupas de couro, um cinturão dourado e uma coroa sobre a cabeça. Porã e Lunar se ajoelharam e Bertion disse:

- A grande Rainha de Tenã, sua majestade, Quita.

Quando viu o senhor Simon, ela correu se jogando em seus braços. Os dois se abraçaram e começaram a chorar. Olhei para o lado e a Sandra e minha mãe Rosa também estavam chorando.

- Meu pai, que saudade! Achei que nunca mais te veria de novo.

- Minha filha, lembra-se do que te prometi?

- Sim, nunca me esqueci. O senhor disse: eu vou e voltarei. Um rei sempre cumpre as promessas.

- Estou de volta, filha, me perdoe o tempo, pois sofri um acidente e acabei me complicando na Terra. Agora, estou de volta e está na hora de recuperar o que é nosso.

- Sim, pai, Coran tem acabado com tudo e o exército das bestas feras está muito maior.

- Fiquei sabendo. O que eles não fazem ideia é que temos uma arma secreta.

- Arma secreta?

- Sim. Ela se chama Jorge.

- O quê? Jorge? Acho que a semente está te fazendo delirar, senhor Simon.

- Quem é Jorge?

- Sou eu, dona Rainha.

- Vocês são os amigos de meu pai? Bertion me contou todos os fatos.

- É um prazer conhecer a senhora, sou a Rosa. – Disse a minha mãe estendendo a mão para ela.

- Meu pai teve um bom gosto. Você que é a namorada dele?

- Na realidade, ainda não! – Respondeu minha mãe toda vermelha e sem jeito.

- Calma, Quita, ainda estamos nos conhecendo.

- Pai, ela parece muito simpática e lembra um pouco a minha mãe.

- O que houve com sua mãe? – Perguntou Sandra.

- Que moça bela! É sua filha? – Perguntou a rainha a minha mãe.

- Não, ela é noiva do meu filho, Jorge.

- Sou a Sandra.

- Prazer em conhecê-la, Sandra. Minha mãe faleceu quando enfrentamos a batalha do lago. Ela era uma grande guerreira, como o meu pai.

- Mas, me diga, pai, como você pretende usar o Jorge?

- É uma boa pergunta, eu também gostaria de saber, senhor Simon.

- Lembra da profecia? Um guerreiro do tempo encontrará a

espada da luz.

- É uma lenda, pai!

- Não, filha. Enquanto estive fora, conheci o Senhor do Universo que, na Terra, se chama Jesus.

- O senhor o conheceu?

- Sim. Como estou te vendo, assim o vi. Na última viagem, o Senhor do Universo chamou o Jorge de guerreiro do tempo.

- Sabia que iria sobrar pra mim. Nunca, em nenhuma viagem, as coisas foram fáceis.

- Não se preocupe, Jorge. Você, com a espada de luz, será um grande guerreiro de Tenã.

- Rei Simon, já vai escurecer e não seria prudente sair agora. O melhor é descermos todos para o abrigo. As bestas vão tentar atacar Torrânio, elas têm vindo todos os dias. Querem acabar conosco. É melhor ficarmos escondidos até que chegue a manhã. – Falou Porã.

- Eles não atacam de dia? – Perguntou a Sandra.

- Não, minha jovem, eles se escondem, pois durante o dia não enxergam nada, mas à noite enxergam muito bem. Infelizmente, quando o dia está como hoje, com muitas nuvens e escuro, eles se arriscam e tentam atacar a nossa comunidade. Porém, nossos soldados estão preparados com flechas e conseguem vê-los, então, raramente atacam. Majestades, vocês nos dão licença, pois preciso ir com o Bertion e Lunar preparar comida para vocês e um lugar para pousarem no abrigo.

- Sim, é claro, Porã! – Falou a rainha Quita.

Os três saíram da sala e ficamos ali.

- Que história é essa? Você conheceu Jesus, Jorge?

- Sim, dona Rosa, o senhor Simon tem uma máquina do tempo e, nas viagens que os dois fizeram, tiveram o privilégio de falar com ele. – Disse Sandra a minha mãe.

- Estou abismada com tudo que estou vendo e ouvindo.

- Sei que é difícil assimilar tudo, Rosa, mas, devagar, você vai entendendo tudo.

- E eu achando que estaríamos vendo mata essa hora.

- É verdade, dona Rosa, com o Jorge e o Simon não dá pra prever nada. – Disse Sandra Rindo.

- A minha preocupação é com estas bestas que gente nem viu ainda. Só de pensar, morro de medo.

- Calma, vamos ficar todos juntos e nada vai acontecer – disse o senhor Simon.

- Só tenho uma dúvida. Por que este tal de Coran quer tanto atacar vocês?

- Eles querem criar humanos em cativeiro como se fosse galinhas, Jorge.

- Como assim, senhor Simon?

- Para eles somos alimentos. Querem nos criar em cativeiro para poder matar e comer a hora que quiserem, sem ter que lutar ou caçar.

- Que horror! – Disse Sandra assustada.

- Enquanto pensamos e agimos, pra eles isso não dá certo. Por isso, muitas crianças são levadas e colocadas em cativeiro. Elas não vão pensar e serão como animais. Querem acabar com a gente. – falou o senhor Simon

- É possível existir cativeiro de crianças onde eles estão? – Perguntou Sandra.

- Sim. Onde fica o portal já virou um cativeiro. Eles dominaram tudo. Não conseguimos salvar nenhum dos que estão nos cativeiros até hoje. – Disse a Rainha com um olhar de tristeza.

Começamos a escutar um som de corneta, tocando bem alto. Havia muita gritaria. Nos aproximamos de uma janela que estava aberta, mas com grade de segurança. Pudemos ver algumas bestas voando por cima do castelo e soldados atacando com flechas.

- Acho melhor sairmos da janela, pois alguma flecha pode nos acertar. – disse o senhor Simon afastando todos e fechando a janela.

- Venha, Sandra, fique comigo aqui e vamos para trás daqueles móveis. – falei para Sandra que se afastava da janela indo para o outro lado.

Escutamos um som muito forte e a parede do nosso lado direito caiu. Uma das bestas veio escorregando pelo chão com uma flecha nas costas. Ela possuía uns dois metros de tamanho e tinha um cheiro de cachorro molhado. Parecia estar morto e parou bem próximo à Sandra, que ficou branca e congelada olhando para aquele monstro.

- Venha, Sandra, passe pelo canto. Fique longe deste bicho. – Falou a minha mãe Rosa tentando mostrar o caminho pra Sandra.

Me aproximei da besta e estendi a mão. Gritei para que a Sandra parasse de olhar o bicho e viesse para o nosso lado.

- Sandra, venha por aqui, segure a minha mão.

Aquela besta se levantou e me jogou com força para trás. Ela agarrou a Sandra e tentou sair pela parede que estava aberta. Em poucos segundos, a rainha tirou uma espada da cintura e voou por cima da besta tentando acertá-la com a espada, mas foi golpeada por outra besta que entrou pela abertura. Minha cabeça doía muito com a pancada. A rainha estava caída ao meu lado. As duas bestas saíram voando e carregando a Sandra. A rainha se levantou e me ajudou. As outras bestas que estavam voando, quando a viram os dois saindo com a Sandra, os acompanharam e, em poucos minutos, já não era possível vê-los.

- Você está bem, Jorge? A besta te machucou?

- Não, Rainha, estou bem. E agora a Sandra? – Falei.

- Tentei ajudar, mas levei uma pancada na nuca e fiquei atordoada.

- Você tentou, mas elas foram muito rápidas, só tive tempo de puxar a Rosa e evitar que a levassem também. – Falou o senhor Simon todo assustado.

- Essas bestas não perdoam. Vamos descer ao abrigo. Eles não vão mais atacar, pois quando conseguem levar um dos nossos, ficam satisfeito e voltam de onde vieram. – Disse Quita passando a mão na nuca.

Bertion entrou correndo e disse:

- Vocês estão bem? Alguém se machucou?

- Estamos todos bem, Tião. Somente a Sandra foi sequestrada.

- Sinto pela perda de vocês. Venham comigo, vamos descer ao abrigo. Lá estaremos mais seguros.

- Como assim perda? Ela vai morrer? Precisamos salvá-la. – falei desesperado.

- Acalme-se, Jorge, ainda temos chance de salvá-la. As bestas vão levá-la ao Coran e, como ela é jovem, possivelmente irão colocá-la com as crianças a fim de cuidar delas na alimentação, ou talvez, separá-la para que possa ser uma procriadora. Temos no máximo alguns dias.

- Mas também pode virar comida. Eles preferem os mais jovens que têm uma carne mais macia. – Disse Bertion.

- Isso pode acontecer, Quita? – Falou minha mãe Rosa.

- Mesmo que eles queiram comê-la, deixarão dois dias presa em algum daqueles poços secos, no vale de Antolia. Eles não comem no dia da caça. – Disse Quita.

- Vamos reunir o máximo de soldados, Quita. – Disse o senhor Simon.

- Não sei se conseguiremos uma grande quantidade de soldados, pois muitos já morreram. Isso é uma busca quase impossível. –

Falou Bertion.

- Só me diga onde ela deve estar. Eu vou de qualquer jeito, nem que seja sozinho. Irei buscar a Sandra. – Falei.

- Tente juntar o máximo de soldados, Bertion. Eu irei com o Jorge. – Disse Quita guardando sua espada.

- Vamos levá-lo primeiramente ao Rochedo de Zambien. Lá, ele pegará a espada de Luz e iremos buscar Sandra. – Falou o senhor Simon.

- Eu também vou. Quero ajudar de alguma forma. – Falou a minha mãe Rosa com coragem.

- Vamos descer ao abrigo e ver quantos a gente consegue arrumar. – Disse Bertion.

Descemos e chegamos ao abrigo subterrâneo, todo feito de pedra. Uma grande porta de ferro foi fechada atrás de nós. Havia muita gente ali. Todos se ajoelharam e disseram:

- Salve o Rei Simon e a Rainha Quita!

Continua em:

As Aventuras de Jorge Na Guerra de Torrânio.